夫婦の青空

さかもとけんいち

道友社

青空書房
TEL(6371)8904
大阪人
古地図で歴史を
青空書房の65年
¥50
¥50
2冊で ¥100

はじめに
青空書房と坂本さん夫婦のこと

大阪市の中心部、キタの繁華街にほど近い天五中崎通《てんごなかざきどおり》商店街に、「青空書房」という古本屋さんがあります。広さ四坪足らずの、一見ごく小さな普通の書店ですが、最近、あることが話題となって注目を集めています。定休日に、わざわざ人が集まってくるというのです。

来訪者のお目当ては、店のシャッターに貼《は》り出された休業を知らせる手描きのポスター。大阪の風物詩や四季を題材にした挿絵《さしえ》に、「ほんじつ休ませて戴《いただ》きます」の大きな文字と、〝店主のひと言〟が添えられています。ポスターを描いているのは、この店の主《あるじ》、坂本健一《さかもとけんいち》さん。平成二十四年で御年九十歳。大阪古書店業界きっての古老です。

店はもともと年中無休でしたが、健一さんが一度体調を崩してからというもの、日曜日を定休日とすることにしました。それを知らずに訪れるお客さんに対し、せめてものお詫《わ》びにと、健一さんはメッセージ入りの休業ポスターを描き始めました。味わい深い挿絵もさることながら、長い人生経験から紡ぎ出される軽妙洒脱《けいみょうしゃだつ》なひと言は、読む者の心に温かさや爽《さわ》やかさを残します。なかには、人生のどん底にあって心を救われたという人もいます。このポスターの魅力が口コミで広がり、定休日に訪れる人々が増えてきたというわけです。

もちろん、営業日にはたくさんの人々がやって来ます。豊富な文学知識と人生経験を持つ健一さんに読書指南を請う学生や、晴れ渡った空のような健一さんの屈託のない笑顔に引かれて、仕事帰りに立ち寄るOLもいます。

❖

健一さんが青空書房を始めたのは昭和二十一年、第二次世界大戦後のことでした。前年の大阪大空襲の焼け跡に立った闇市《やみいち》の一角で、頭上に見渡す限りの青空を頂きながら、小さな小さな古本屋は産声を上げました。以来六十数年、自らも苦学生であったがゆえに〝良書を少しでも安く〟をモットーに店を営んできました。その健一さんを支えてきたのが、妻の和美《かずみ》さんでした。

健一さんが青空書房の青空とすれば、和美さんはその空に輝く太陽です。普段は控えめな女性ですが、困っている人があると放っておけず、そのためには相手がこわもての男であろうと譲らないという肝《き》っ玉《たま》母さん。二人は、この界隈《かいわい》の名物夫婦で、たくさんの人たちから慕われていました。しかし平成二十一年六月、和美さんは病を得て、翌年二月に帰らぬ人となりました。

しばらくして、青空書房のファンの手で、健一さんの挿絵や文章を集めた個展が開かれました。そのとき、来場者の心をひときわ打ったのが、健一さんが和美さん宛てに新聞の折り込み広告の裏につづった日々の手紙「家庭内通信」でした。日常の伝言や雑事の報告に交えて、普段は口にできない妻への想いを切々と記しています。やがて、和美さんが入院すると、

「家庭内通信」は、妻の病床へ日々届けられる「絵手紙」に変わります。

❖

本書は、この『家庭内通信』と『絵手紙』、そして『「ほんじつ休ませて戴きます」ポスター』を紹介するものです。

傘寿《さんじゅ》を越えて、なお互いを想い合った坂本さん夫婦の姿は、人と人とのつながりが薄れゆくいまの日本にあって、さながら人知れず海の底に輝く真珠のようです。やっぱり、夫婦って素晴らしい。そんな思いを抱かせてくれる、ほんものの固い絆《きずな》がここにあります。

平成二十四年八月

編者

もくじ

カバー・イラストレーション＝森本　誠

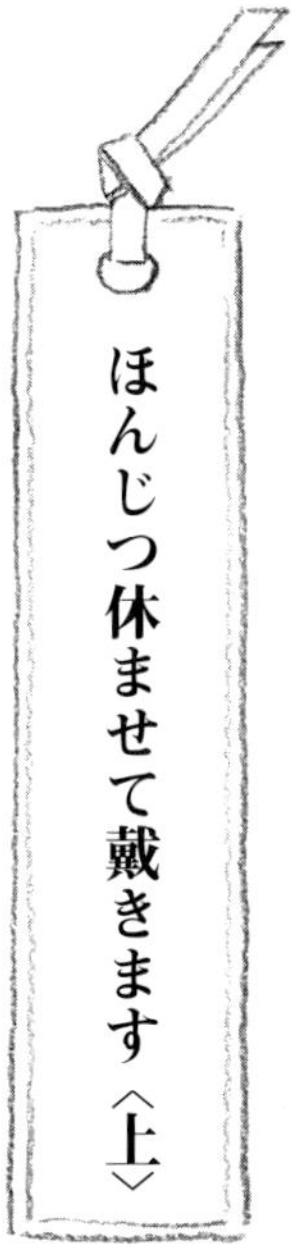
ほんじつ休ませて戴きます〈上〉

見る人の顔を思い浮かべ言葉を選ぶ

青空書房の名物『「ほんじつ休ませて戴《いただ》きます」ポスター』は、定休日に訪れるお客さんへの健一さんのお詫《わ》びの気持ちから生まれた。店はもともと無休だったが、脳梗塞《のうこうそく》を患って以後、日曜日は休むことにした。

それがいつしか、ポスターそのものを楽しみにする人が増えてきた。健一さんは、店を訪れる人々の顔を思い浮かべながら、絵を描き、言葉を選ぶ。

ポスターを描く健一さん

ほんじつ
休ませて
戴きます
つまづき しっぱいは いつも 相部屋
壁ひとえ となりに 希望が住んでる
青空書房

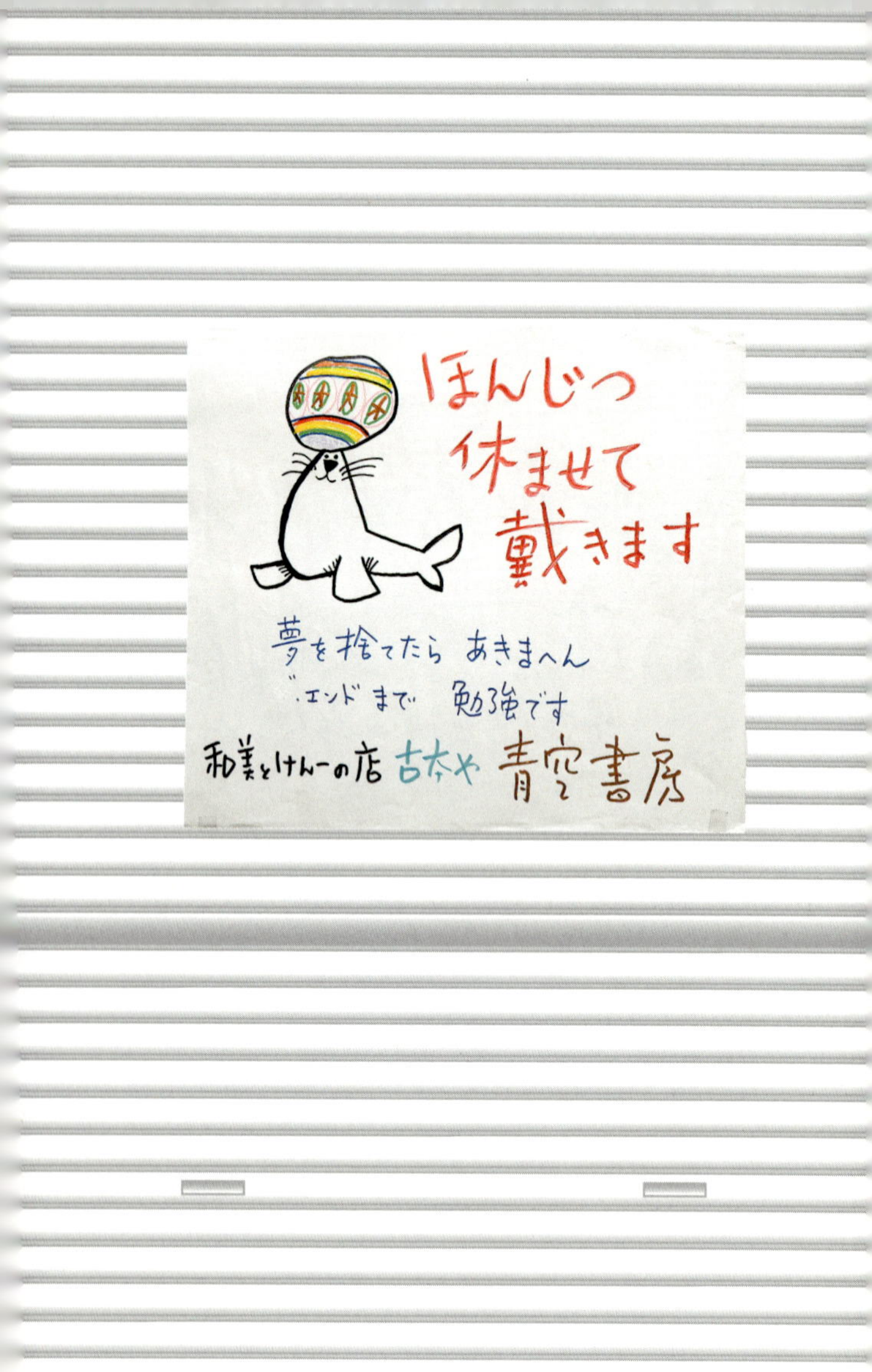

ほんじつ
休ませて
戴きます
夢を捨てたらあきまへん
エンドまで勉強です
和美とけんーの店 古本や 青空書房

 —— ほんじつ休ませて戴きます〈上〉

桃太郎はマルコポーロの「東方見聞録」を読み
栃木県堀米
桃太郎セット
日本一
けん一
金時は「イソップを」愛読していた…故事録より
ほんじつ休ませて戴きます
青空書房

※絵は那須良輔氏の『墨絵カット歳時記』より模す

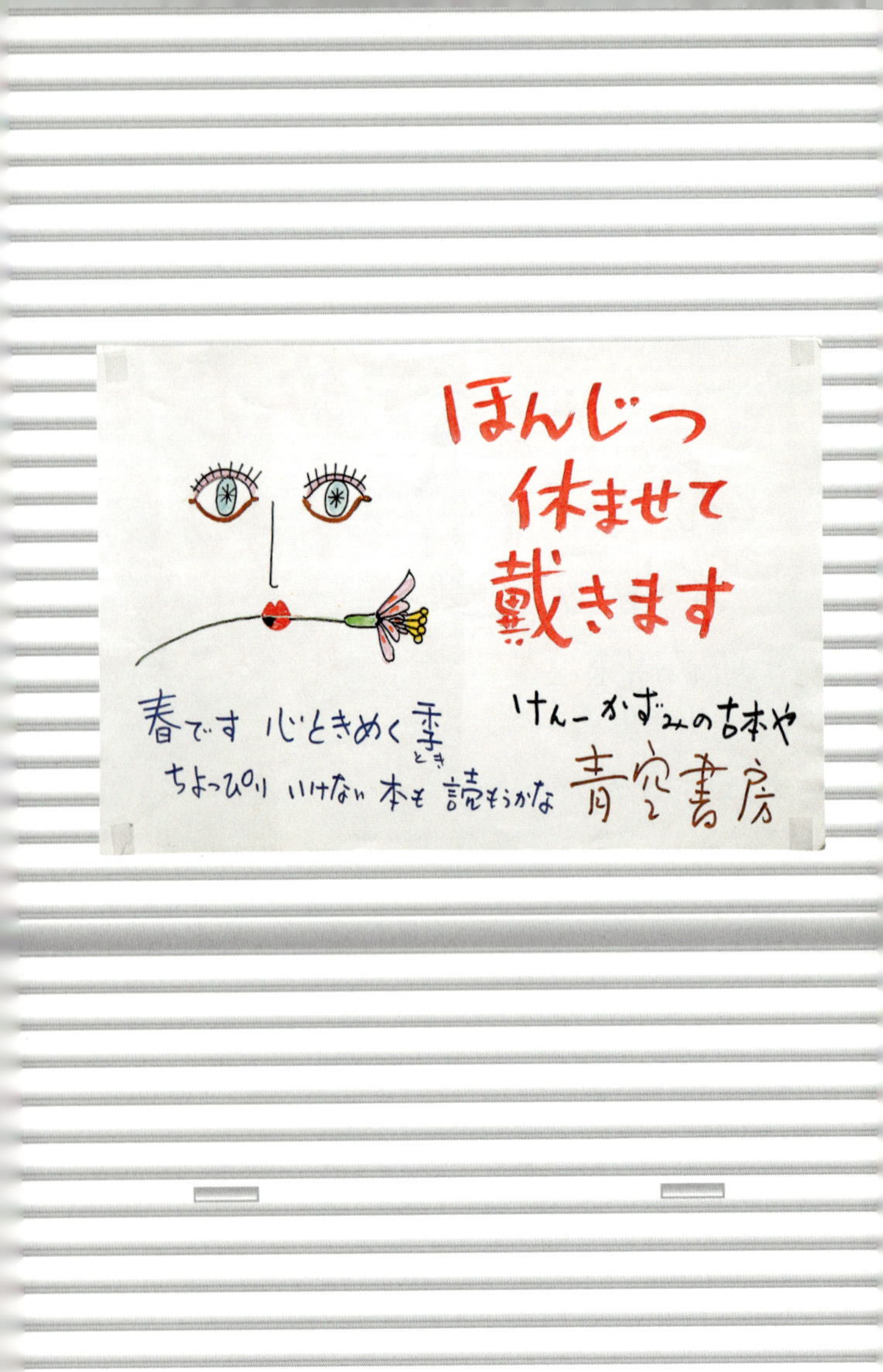
ほんじつ
休ませて
戴きます
春です 心ときめく季《とき》
ちょっぴり いけない本も 読もうかな
けんーかずみの古本や
青空書房

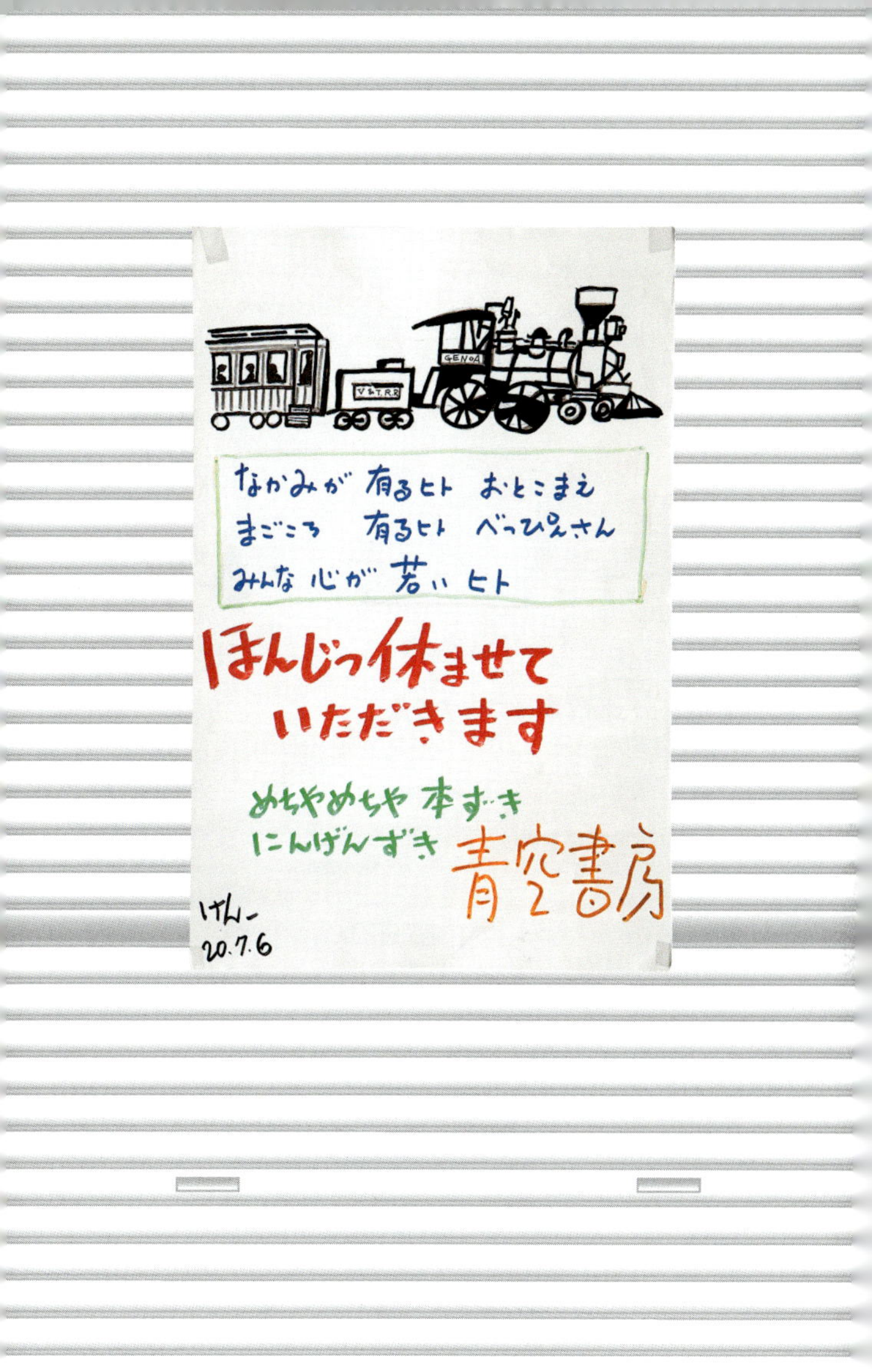
GENOA
なかみが 有るヒト おとこまえ
まごころ 有るヒト べっぴんさん
みんな 心が 若い ヒト
ほんじつ休ませて
いただきます
めちゃめちゃ 本ずき
にんげんずき
青空書房
けんー
20.7.6

21 —— ほんじつ休ませて戴きます〈上〉

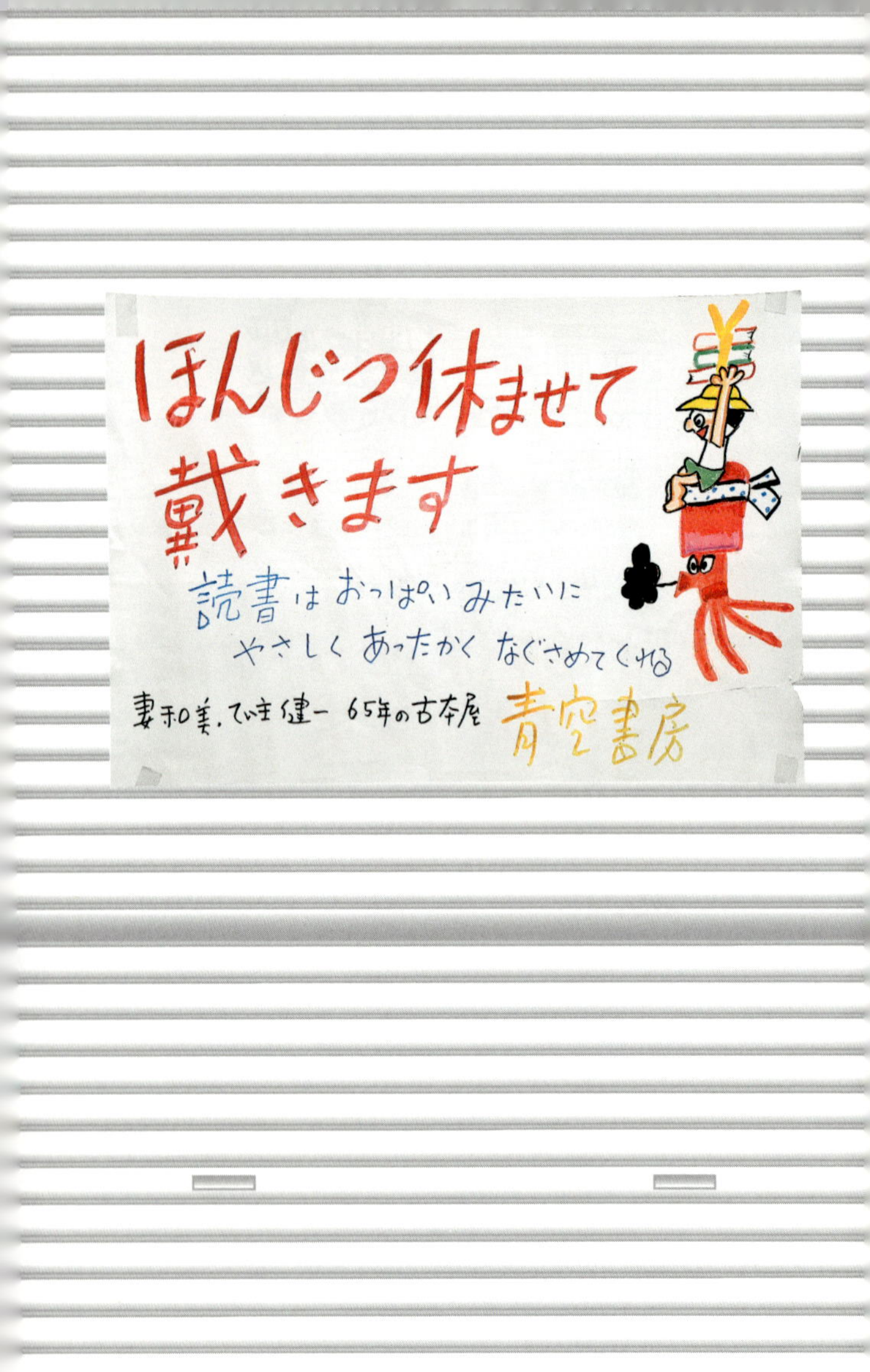
ほんじつ休ませて戴きます
読書はおっぱいみたいに
やさしくあったかく なぐさめてくれる
妻和美．てい主健一 65年の古本屋
青空書房

ひばり
ほんじつ休ませて
戴きます
たけぞうは姫路城の中で
万巻の書を読んで武蔵となった
君は「坊ちゃん」や「走れメロス」で
優しい大人《おとな》となる
けん一と和美のみせ
青空書房

ほんじつ休ませて
戴きます
誰だって頭のうしろは
見えません それを見せて
くれるのは 本を読むこと
妻・和美 主《てい》けんー 63年の本《ふる》や 青空書房

家庭内通信

きっかけは妻のヤキモチから

健一さんが五十代のある日。戦時中、学徒動員で出征する前に付き合っていた女性から電話が入った。二人は三十数年ぶりに近況を伝え合った。ところがそれ以後、和美さんがひと言も口をきいてくれなくなった。数日たっても機嫌の直る様子はない。困った健一さんは一計を案じて、和美さんに毎日、手紙を書くことにした。新聞の折り込みチラシの裏に日々の雑事をつづり、そのなかに、口にはできない妻への想いを織り込んだ。

しばらくして、和美さんが笑いながら言った。

「よう、あんなアホなこと書いてからに」

以来、これが健一さんの日課となった。

っ あくびばかりでる
ので ちょっと休
んで おつとめして
店に行く
きのうは さっぱりだった
けど 今日は今日だと
思う ひたすら働らく
だけ 心をつくしてはたらくだけ
おかあさんも 無理せんと
たのしく笑って暮そうね

一月二十六日 月よう けんいち

和美どの

いっぱいありそで　ないのが人生
時間がありそで　たりないのが人生
暑いけど　へこたれんと
力を合わせて　のりきろう
和美が　ほがらかであれば
わが家は輝いている
もうすこしかも　しれないし
まだまだ　働かなアカンかも
まあ　いたわりあって行こう

けんいち

和美どの

忙しすぎるのかもしれないが
このごろ　ちょくちょく
物忘れする
おたがい年だなあ
だから　あんまり　失ったものにこだわらず
大切にしなあかんもんを　大切にして
仲良く　くらそうね
たくさんの　おかげに感謝して
たのしく　おもろう生きよう
けんいち
和美さんへ

新しき年が
始まったね
また力を合わせて
愛しきものたちのために　頑張ろう
おつとめしました
マフラーは　こたつの中に
ありました
店に来るのは
あわてなくてよろしい

健一

和美へ

なんや　知らんけど
2回も3回も　よろめきました
神さまから　いただいている命
も少し　お借りして
すこしでも　あかんたれ息子の力に
なってやらな　あかんと思います
和美のお蔭《かげ》で　楽しい楽しい毎日です
でも　ゼンマイのこと　いつ切れるかわからん
そやけど　ちょっとでも
幸福つくって　死ななあ　あきまへん
けんいち

寒いので
愛犬に何度も起こされて
ちょっとグロッキーだったけれど
点滴のお蔭《かげ》で
すこしシャキッとしたようである
今日は　支払いやら何やらで
多忙であるらしい
きっと良いことあると
信じていると　実現するかもね
けんいち
和美さんへ

拝み終えたら
とても良い気分
さあ　今日もまた
楽しいことがいっぱい
むしりとられても
むしりとられても
幸福の芽は生えてくる
頼むさかい
どうぞ　どつかんといてな
けんいち

和美どの

寒くなったり　暖かくなったり
不順
血圧が急に上ったり
体調不順
そやけど　負けては
おられん　生きるとは
何かと向いあうことです
よめはん　たのんまっせ
二月十九日　けん一
和美どの

待たずして
店にゆく
ちょっと配達
ちょっと出金
ちょっと支払
生命いただいてます
から気嫌よく
一日くらそうね

楽しいと　思うことからはじめよう
寒いけれど
雪は降らないようだし
君の好きな習字の日
字を書くことは
人生をなぞらえることだと思う
私もへこたれないで
息子のため　ヒ孫のために
夢をのこしてやりたい
　　　　けんいち

愛する妻へ

生きるということは
何かを信頼しているということ
夫婦がそれぞれ　根元で
お互いを信じあっているということは
何よりも幸せ
しかし　信頼の底に愛がある
惚《ほ》れているということである
雨が降る　この鬱陶《うっとう》しさに　へこたれては居《お》れない
がんばろうね

けんいち

妻へ

寒いのは　太陽のきまぐれ
負けてたまるか
今日は血圧も下がった
昨日は心配かけたが
もう大丈夫
充分《じゅうぶん》注意して
慎重に行動はするが
寒さに負けては居《お》れぬ
人生は　たのしいことが一ぱいあるよ
兎《うさぎ》のようにおとなしい　ていしゅより
やさしくて怖い嫁はんへ

日射《ひざ》しは春
風はまだ冬
おつとめして　店に行く
今日はあんまり　居眠りせんと
店番するつもりやけど
覚悟はしばしば　うらぎられる
店に行く
　　　　　　　けんいち

ちょっと怖いヒトへ

店開けるのに
心急《せ》くまま
予感する
今日は　充実した
忙しい一日になりそうだ
脚《あし》の痛みに
手当て忘れずに

けんいち

妻へ

結婚記念日は昨日
いろいろあったねえ
泣いたり
笑ったり
よく喧嘩《けんか》したね
でも　良い女房だよ
神さま護《まも》ってくださるように
良いこと　今日もしようね
けんいち

和美どの

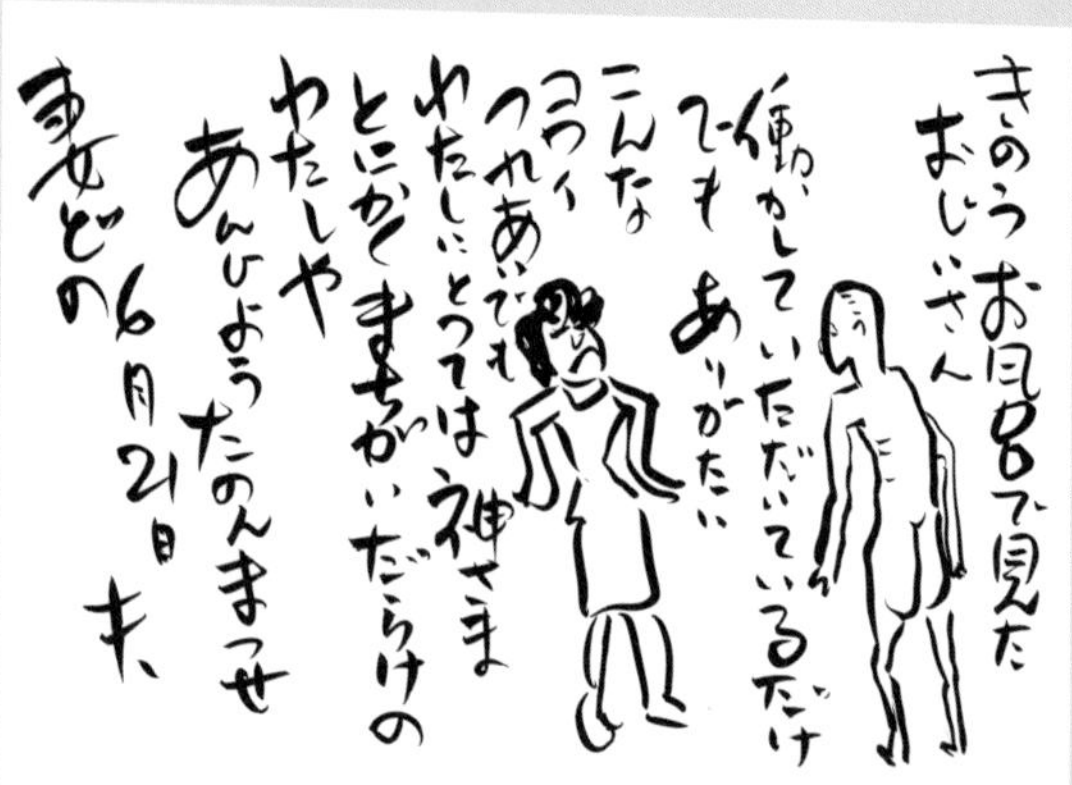
きのうお風呂で見た
おじいさん
働かしていただいているだけ
でも ありがたい
こんな
コワイ
つれあいでも
わたしにとっては 神さま
とにかく まちがいだらけの
わたしや
あんじょう たのんまっせ
妻どの 6月21日 夫

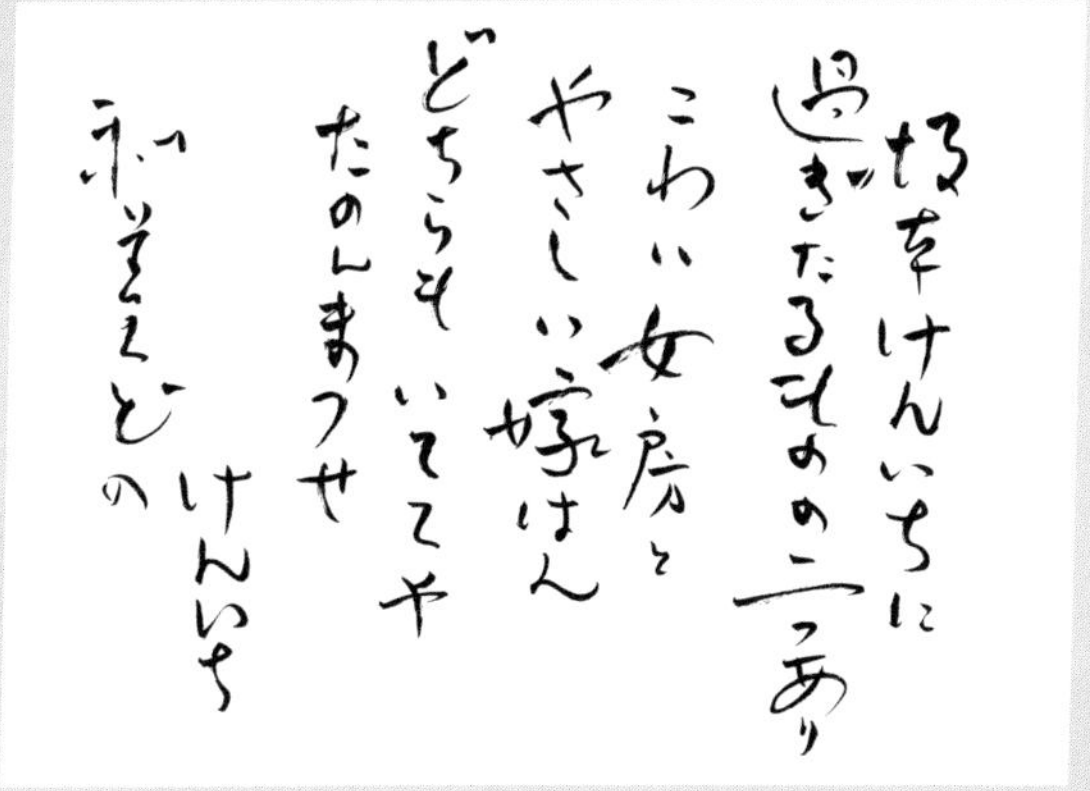
坂本けんいちに
過ぎたるものの二つあり
こわい女房と
やさしい嫁はん
どちらもいててや
たのんまっせ
けんいち
和美えどの

あんたの脚《あし》のことや
腹のことやら
正紀※のことやら
神さまも
たのまれごとが
多すぎると言うてた
ちょっとまた　寝てたよって
あわてて店へ行く
今日もたのみます
けんいち
和美どの

※正紀……坂本家の長男。

土曜日は　ちょっとホッとする
売上げが上がっても
上がらなくても
ホッとする
このホッとする感覚は
大切なんだよ
愛しき妻よ
ええ人生を創《つく》ってくれて　有難《ありがと》う
これからも　二人で楽しく生きよう
健一
和美へ

神さまを拝して店に行く
生きているということは
己《おのれ》の愚かしさと向かいあっていること
気付けばいいが
人間は愚かだから
自らの欠点をみとめようとはしない
だから　いつまでたっても成長しない
毎日ズボンをずらし
鼻を垂らし　居眠りし
だんだん　爺《じじ》むさくなってゆく自分が情けない
これからも　面倒たのむよ

喘息《ぜんそく》は
なってみないと
辛《つら》さは　わからない
たいがい　こころで
制御できるのだが
この病気　発作だけは
どうにもならん
昨日は　えらいめに遭《あ》わした
今日は　そんなことないよう　祈るだけ
けんいち

妻へ

日曜があけると　一日とても　気をゆるめることは出来ない
しごとだ　生きるということは　しごとをするためだ
お金も　ヒマも　ないけど　信用と信頼がある
ただ一すじ　商いに精を出す
愛する息子と　お前のため
ひたすら生きて　ひたすら働く
その向こうに　光がさしてくるようだ
良いことのあとは　埋め合わせみたいに悪いことがあるが
今の私みたいに　苦ばかり多い者には
ただ幸せだけが　待っていると思うよ
いとしき妻へ

ひたむきに
一つごとのみ
祈りました
おまえに感謝しつつ
不甲斐《ふがい》ない老骨を
悔いて居《お》ります
そやけんど　今日もまた
夢おっかけて
店をあけます
　　　　　　　　愚
女房どの

ビデオで観た自分の
顔は  さっぱり
もう男前やないなあ
風邪ひいたらアカ
ンで 今日もまた
おもろいことチョコっと
ある予感が
しているよ
躰いたまぬように
祈る
けんいち

あんなに とめていたが
やっぱし 店に行く
神さまに おっとめしたら
行っても良いと
おっしゃった
二人だけの毎日を
大切にしようね
マルサカに電話いれといたよ
では ボツボツと
出発
6月2日
けんいち

※マルサカ……大阪屋（出版物取次販売店）のこと。

部屋に　ラッキョのにおいがする
あなたの心のにおいだ
やさしく　こまやかな　愛情のにおいだ
いのちは　二人で支えあって　いのちになる
いのちの意味するところは　深くて　広い
あなたと歩いてきた道
さびしく　曲がりくねっていたが
数々の喜びも　あったよね
いのちあるかぎり　夫婦で居られる
誇らしいよ

けん一

昨日は　良い日をありがとう
神さまと　あんたと
※東田先生のおかげです
検査でまだ　糖尿の気味だと言われました
もっと　きびしく
自己管理せなあかんと思います
今日も　良いこと一ぱい　ありそうな
予感がしています
あんた　あんまり怒らんように

けん一

和美どの

※東田先生……坂本家のホームドクター。

貧乏で　ヒイヒイ　ゆうてるけど
はたからみたら
とても　しあわせかもしれない
だから　インケンな　足ひきする人間も出てくる
しかし　夫婦仲よく
ひとにやさしく生きている者に
怖いものは　なにもない
暑いけど　太陽の恵みと思うて
今日も　感謝　感謝

けん一

妻へ

生きるということは　苦を背負うこと
生かして戴《いただ》くということは　感謝を捧《ささ》げること
つねに明暗のあるなか
私達夫婦は歩んできた
心豊かであろうとも　お金のないのは辛《つら》いもんだね
かいしょないけど
ただ一しょけんめい　生きるしかない愚直な私
お前に迷惑かけるけど
もうしばらく　二人でこの道歩みたい
わがままを　ゆるせ

けんいち

ちょっとだけかも知れないが
筒井先生が※　火曜サスペンス劇場に出られる
たのしみにしている
今日も　つついっぱい暑いかも
しかし　誰かが　はらはらしながら
私達を　みまもってくれているような気がする
いとしき妻よ
太陽に感謝して
今日もいきいきと　つとめよう
けんいち

つまへ

※筒井先生……作家・筒井康隆氏のこと。坂本さんと長年の付き合いがある。

一日は　階段の一つである
ためらいと
ちょっぴりの危惧《きぐ》があるのは　年のせい
しかし　生命戴《いただ》いているかぎり
何か役に立つ生き方をしたいと思う
妻よ
脚《あし》がいたいのだから無理するな
しごとしすぎかも知れない
今日はすこし　良いことありそうである
けんいち

和美どの

今日一日
神さまに
はずかしくない
生き方を
しよう

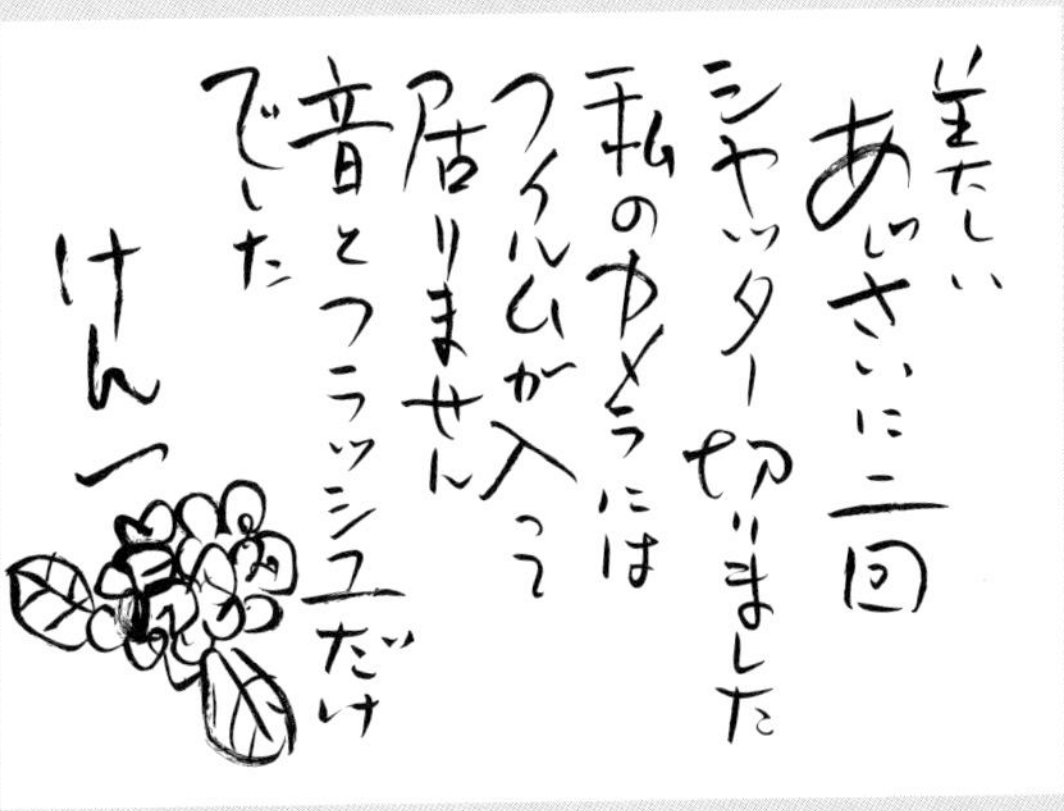
美しい
あじさいに二回
シャッター切りました
私のカメラには
フィルムが入って
居りません
音とフラッシュだけ
でした
けん一

手記

和美と健一のものがたり

28回目の見合いで出会った運命のひと

焼け跡闇市《やみいち》に板を並べて、カストリ雑誌を売っていた私は、天神橋五丁目《てんじんばしごちょうめ》北西角に、一坪ほどの店を借りた。昭和二十三年以降のころである。焼け跡からようやく復興する兆しにあって、若者は活字に飢えていた。

エログロ、猟奇、いわゆるカストリ雑誌、風俗雑誌が氾濫《はんらん》する傍《かたわ》ら、突然、サルトル、カミュ、カフカなど実存主義文学が花開き、プルーストの『失われた時を求めて』が飛ぶように売れた。敗戦廃墟《はいきょ》の後、日本の文化は力強く目覚めてきた。

焼け跡に店を開いた青空書房も、仕入れや買い出しに、いつまでも弟を使っているわけにはいかず、生活の必要上、絶対に妻帯を迫られていた。ところが、病身（喘息《ぜんそく》）の父を抱え、三人の弟妹を養う貧しく痩《や》せっぽちの長男のところへ、嫁に来る人はなかなか無い。仮にあっても、伴侶《はんりょ》と頼れる方とてなく、二十八回の見合いの末、やっと和歌山の高野山《こうやさん》裏側、言うなれば、秘境の村の、かつて庄屋だった家の娘が、世話する人あって妻《めあわ》せられた。彼女の故郷へ行くのに、南海電車やバスを乗り継いで一日あまりかかる。野菊のごとく素朴で清潔な乙女が、何も分からんまま嫁いできた。

船場《せんば》の大店《おおだな》育ちの我がままな父は、私の妻を田舎もんと蔑《さげす》んだ。しかし私は、純白の清らかな人を、天が恵んでくれたと喜んだ。新婚の私たちは恋愛時代のように、お互いを思いやってめちゃくちゃ仲が良かった。二人して、大阪で一番狭くて小さな古本屋で一生懸命励んだ。口の悪い父に「カラスの昆布巻き!」(大阪の洒落言葉《しゃれ》で「嬶《かかあ》まかれ」〈女房の尻に敷かれるの意〉)と嘲笑《ちょうしょう》されたが、私はそれでもいいと思った。夏草の茂みのなかの一輪の花が、私の妻だと、ひとり誇っていた。

右も左も分からない大都会、人情錯綜《さくそう》するなかで、彼女は一家の主婦として金箱《かねばこ》を握り、強情な父にも負けない人に成長した。気さくで、人に優しく、信仰ひたすらの彼女は、病める人や心悩む人に骨身を惜しまなかった。

✣

頑固な私の父も七十歳で没し、その父に苦労しながら添い切った母も、妻に看取《みと》られ、「おおきに、おおきに」と抱かれて、九十三歳で逝《い》った。妻の献身的な母への介護をみて、父譲りの頑固な廃仏無神論者の私も、天理教の信仰を始めた。妻の他への思いやり、人への心配りのなかに、おやさま※の教えを見た。

おてふり一つ満足にできず、妻を苦笑させたり怒らせたりしたが、二人での天理への小旅行は、いつも心を明るくさせてくれた。

※おやさま……中山みき天理教教祖。

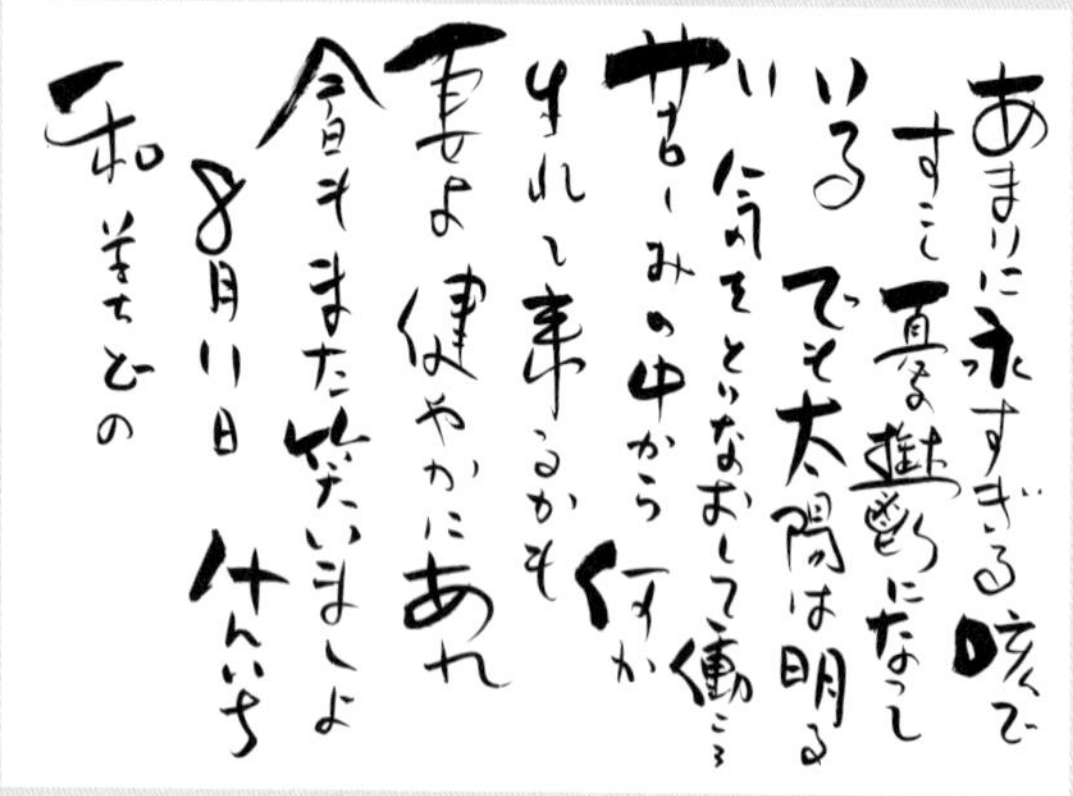
あまりに永すぎる咳くで
すこし憂鬱になっし
いる でも太陽は明る
い 気力をとりなおして働こう
苦しみの中から何か
生まれて来るかも
妻よ 健やかにあれ
今日もまた笑いましょう
8月11日 けんいち
和美ちびの

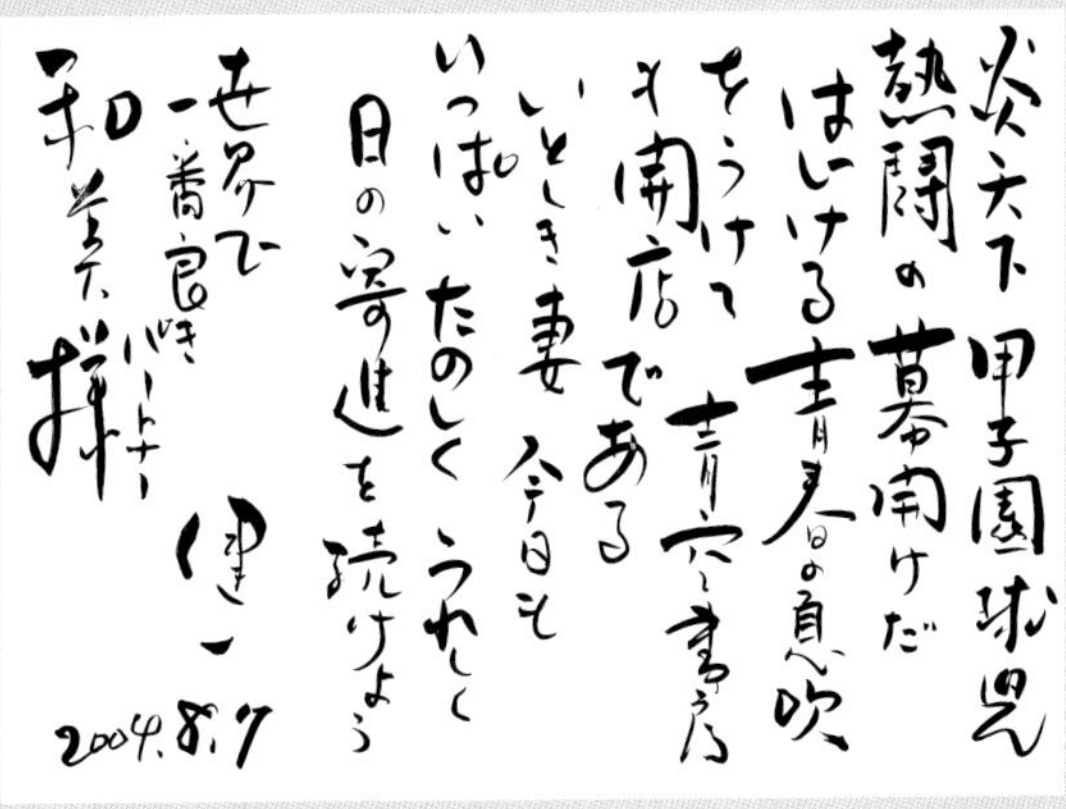
炎天下 甲子園球児
熱闘の幕開けだ
はじける青春の息吹
をうけて 青空書房
も開店である
いとしき妻 今日も
いっぱい たのしく うれしく
日の寄進を続けよう
世界で
一番良き パートナー
和美様
健一
2004.8.7

神さまを拝した
生かして生命戴《いただ》いていることを感謝し
今日も有難《ありがた》く
いそしもう
妻よ　今日も微笑《ほほえ》め
良きこと　なければ
夫婦して創《つく》ろう
今日もまた
新しきドラマのはじまり
けん一

妻へ

生きて見返すのではなく
すこしでも
ご恩返し　したいもの
たりないのは
自分の力不足だと思う
だけど　こんなもんが
人生　ええかっこうづけしても
所詮《しょせん》　どんくさいので
面白いですよ
信じられるのは
二人の愛だけだよ

暑いから
あせらず　ゆっくり
店に来たら良い
ＣＣレモン　飲んだけど
あんまり　おいしくなかった
水分とりすぎも　どうかな
私の予感
今日はいいことありそう
妻よ　無理するな
　　　　　　　けんいち
和美どの

すこし涼しくなった
二つ予感がある
ちょっと小さな良いことが　ありそうな日
嫁はんが
とても　とても偉そうに
愛犬と一しょに私を苛《いじ》めそうな
嫌《いや》な予感
それでも生命頂いていることこそ
有難《ありがた》い
健一

和美どの

毎日　ばら色
※
田辺さんより頂いた言葉は　ホンマ
苦しいこと　口惜《くや》しいことも
にこにこ笑って　乗り越えよう
妻よ　お前とめぐりあって
よかったあと思う
だから　第三ビルで行方不明にならへんかと
ホンマに心配した
よかった　お地蔵さんのおかげです
けん一

いとしきひとへ

※田辺さん……作家・田辺聖子氏のこと。坂本さんと長年の付き合いがある。

この世には　はかり知れない不思議が　沢山《たくさん》ある
それが　好《よ》い方に作用しているから
私達夫婦は　いま　しあわせ
でも　いつ何どき　悪いことがあるかもしれないから
いつでも　けんきょで　つつましく　ひとに　やさしく
私の一ばんのしあわせは
お前とのめぐりあい
それから　沢山の友
今日も　暑さに負けんと
けん一
いとしきものへ

いわんぼして　散歩して
ちょっと疲れたけど
楽しい休日だったね
残《のこ》り　すくないか　どうか
わからんけど　このごろ
いいことが　たくさん
あるし　感謝すること
も多い
嫁は心　躰大事に
しいや
8/2　むこ

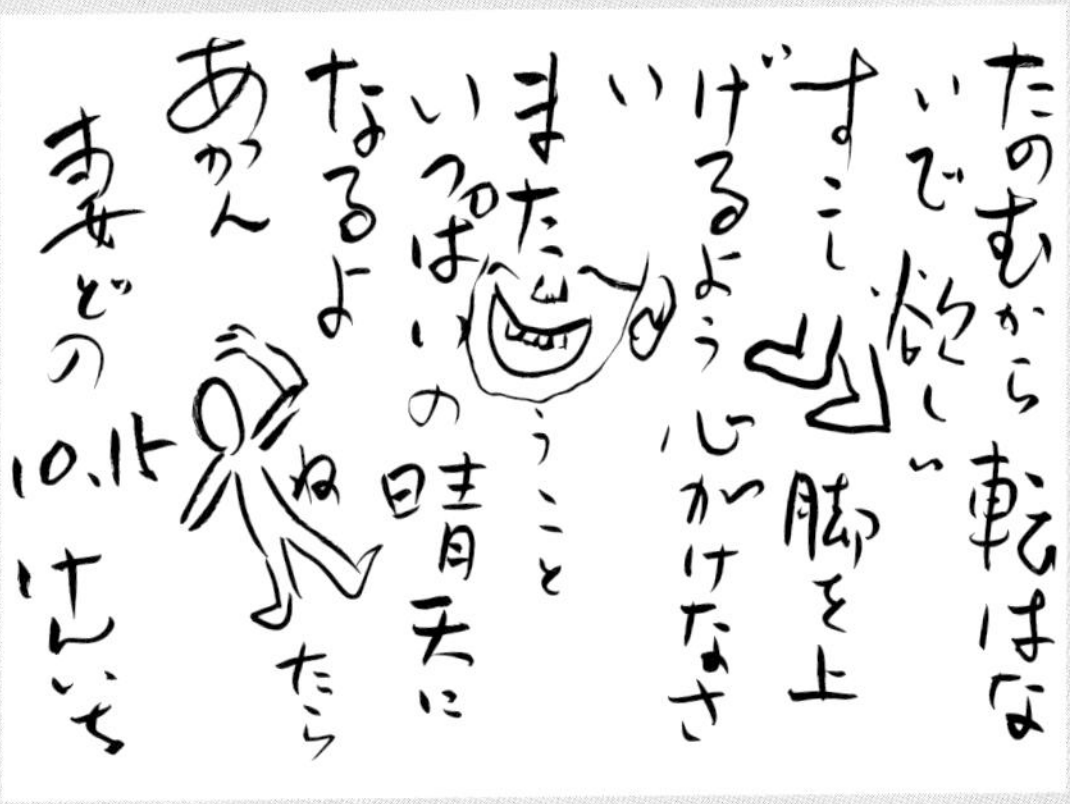
たのむから転ばはな
いで欲しい
すこし
脚を上
げるよう心がけなさ
い
また
うこと
いっぱいの晴天に
なるよ
ね
たら
あかん
妻どの
10.15
けんいち

いろんなことがある人生
胸熱くなること
ひとつあれば
それで　その日　生きた意味がある
脚《あし》痛まぬよう
神さまに
おねがいする
息子のことも　忘れることがない
煩悩《ぼんのう》のなか　さまようのかな

健一

怖いひとへ

今日も　シゴトが一ぱい
ドラマも　たくさん
体を大切にして
おたがい　元気にゆこう
たのむよって　イバルな　おこるな
はりきることと
おこることは　ちがうよ
あしたはあさ　二人で
東田先生のところへ
ゆけるらしい
では　ゲラゲラ笑って　はたらこうね

いつも心配してくれて
ありがとう
水を飲んで
すこし横になったら
すっきりしたので店に行く
店を開けるだけで
重いものは　もたない
心配しないで
おつとめして　おいで
けんいち
よめはんへ

生きるということは苦しいこと
でも　そのぶん
たのしいこともいっぱい
しんどいぶんだけ
おもろいことがありそう
かみさまに
いっぱい拝んでおいた
妻よ　あついから無理せんと
いのち大事にくらそうよ
けんいち

和美どの

九時半になったので
店に行く
疲れているのだから
ゆっくり来たら良い
ポカリスエット　半分呑《の》んだ
心だけで　ゆったり
いたわりあって行かなくては　ならないと思う
くれぐれも
無理しないように
健一
和美へ

さきに　結論をもって臨めば
すべて　悲観的になる
だから　一分《ぶ》先に
希望のリボンを結ぶ
妻よ　ふたりして　幾山河《いくやまかわ》越えてきて
また　一の峠《とうげ》
力を合わせて　動かぬ石はない
妻よ　にこやかに
不況と闘おう

けんいち

和美へ

長生きすると落しものも
多くなる
気にすることはない
今も生命戴いている
この有難さだけで
充分じゃないか
妻よ　年のわりに働らき
すぎだよ　あんまり周囲
に気を配りすぎだと思う
あたま使いすぎたら
あかんよ　　けんいち

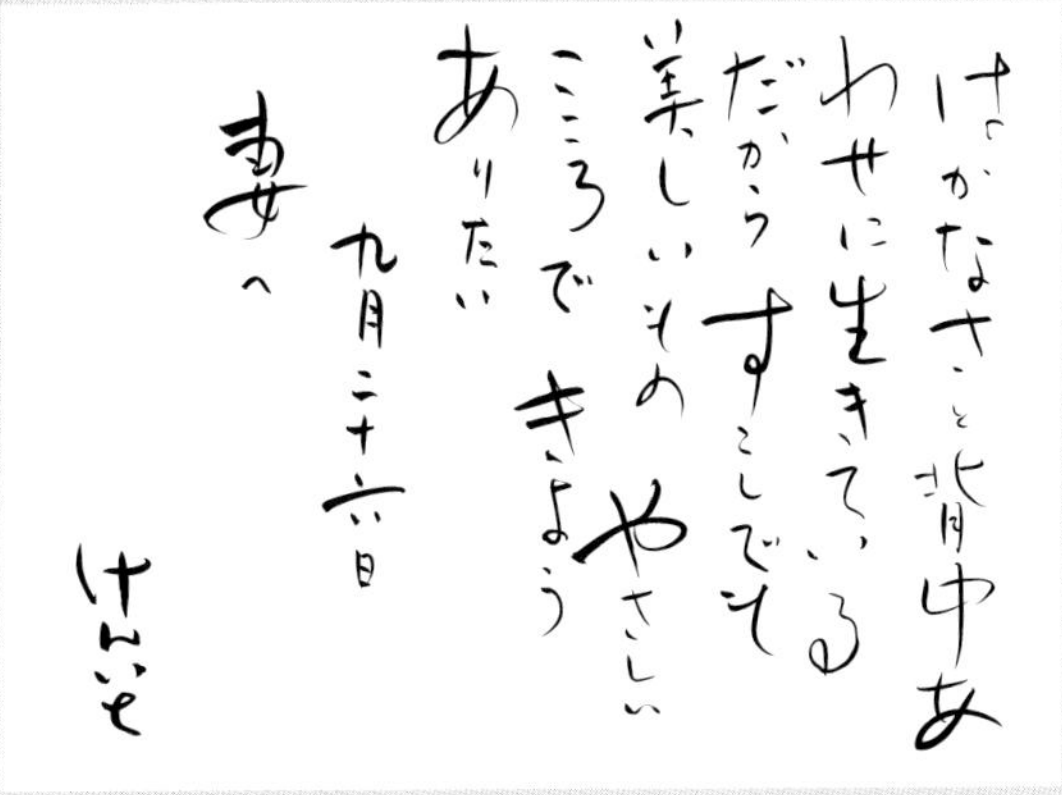
はかなさと背中あ
わせに生きている
だから すこしでも
美しいもの やさしい
こころで きよう
ありたい
九月二十六日
妻へ
けんいち

おつとめしました
神さまは毎日　最高の日を
セッティングしてくださいます
喜ばなあかんけど　不足ばかり言って済みません
どうぞ　今日も
ころばぬよう
こけないよう
あわてないよう
おこらんといてな

けんいち

妻へ

美しきものが
見えない人がいる
美しい心に
反感を持つ者もいる
これは　ねたみの裏返しである
私は　心のまっすぐな女房を持ったことが　ほこりだ
まっすぐすぎて　閉口もするが
歪《ゆが》んだ根性より　うんと好《よ》い

健一

和美へ

寒くなってきた　雨も近い
神さまを拝して　店に行く
お供えを調《ととの》え　時間があったら
※福島ラインへ　いっといで
明日はまた
どんな用事があるか　わからんから
今日出来ることは　今日しておくことだ
てきぱき　片づけてから
ゆっくりすれば良い

けん

和美へ

※福島ライン……ＪＲ環状線福島駅近くのラインメガネ店。

当たり前のことだけど
冬が来て　寒くなって
だけど　心だけ　あたたかくありたい
良いひとが多い
ことしも　あとわずか
心ひきしめて
一所懸命　走りつづけてゆこう
どないかなるのではなく
どないかせなあ　しゃうない

けんいち

和美へ

私のようなものに
一生懸命　心配してくれるものがいる
それは　感謝しなくてはいけない
しかし　生きることは　はたらくこと
生きることは　考えること
そして　自分しか出来ない何かを　つくること
だから　私は
今日も張り切って
生命いっぱい　頑張るよ
　　　　　　けんいち
妻へ

妻よ　愛している妻よ
世界で一ばん　たよりにしている妻よ
今日は　あったかそうで　嬉《うれ》しい
おかげで　一粒のお米も
おいしく頂ける
妻よ　だれよりも好きな妻よ
むりするな
あんまり　頭つかうな
気楽にすごそうよ
年末だもんなあ

けんいち

おつとめしたよ
せっかく戴いた命
大切にして
全身全霊こめて
働らけるだけ
働きます
ぜんまい切れたらサイナラ
です　いつまでたっても
愛しき　ひとよ
脚を大切に

健一
9.21.9.25

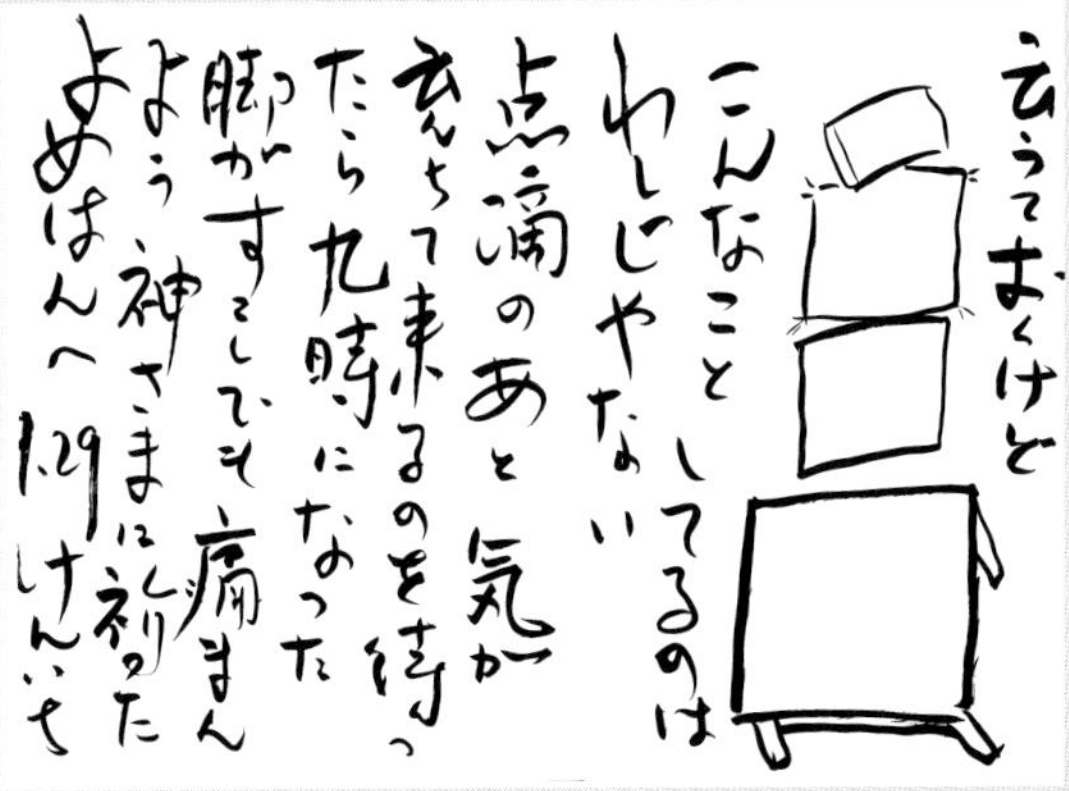
云うておくけど
こんなこと してるのは
わしじゃない
点滴のあと 気が
充ちて来るのを待っ
たら九時になった
脚がすこしでも痛まん
よう、神さまに祈った
よめはんへ 1.29 けんいち

予定　木下　垣内　太融寺《たいゆうじ》
寒さに負けんと思う
私は　信じる
今日も　面白いこと
いっぱいある
おもろい嫁はんと
あわてもんの爺《じい》さんと
凍《こご》えんと　がんばろうぜ
けんいち
和美へ

人生は　寄り道
どこからの寄り道なのか
それは知らん
寄り道やから　道草食う
道草ほど　楽しいものはない
こっちの方が
ほんまもんの人生かも

とても　とても　良い年だった
四坪たらずの　小さな古本屋に
溢《あふ》れるように　真心が訪れ
燃えるように　あたたかさが充《み》ちた
何ども　何ども　有難《ありがた》さに
胸熱くし　涙した
おおきに　おおきに
みんな　みんな　お蔭《かげ》さま

おつとめすまして
店にゆく
みせには　きっと
福が待つ
お前さんも　無理せんと
賑《にぎ》やかに　笑《わろ》うて
今日も　くらそう
けんいち

手記

和美と健一のものがたり

妻をおそった突然の病

私はうだつの上がらない古本屋家業の傍《かたわ》ら、大阪の郷土史の研究にうつつを抜かした。仕入れだと偽っては、環濠《かんごう》を観《み》に平野区へ行ったり、堺まで足を延ばした。趣味といえば聞こえはいいが、虚仮《こけ》の一念みたいなもんで、寸暇《すんか》をさぼってカメラ片手に奔走《ほんそう》した。大阪の生んだ、あるいは大阪を選んだ先人遺賢《いけん》の行跡《ぎょうせき》には大いに学ぶところがあり、それを調べることは、自分自身の修業だと思った。

絵も好きで、展覧会は片っ端から回り、「僕の人生は絵の展覧会を見ることなんだ」と威張っていた。

妻はそれを理解し、励ましてくれた。そんな私を愛し、酒も飲まず（本当は飲めない体質）、ギャンブルはパチンコもしたことない（本音は負けるのが大嫌いだから勝負に賭けない）夫を自慢にしていた。不器用で釘《くぎ》一つ打てない私に代わって、大工道具を一揃《そろ》い自分用にして、高い棚を吊《つ》ったり、羽目板《はめいた》を繕《つくろ》ったりしてくれた。

まことに申し分の無い良妻だが、とても困ったことがあった。それは、言語に絶する焼き餅焼き。私を信じてあらぬ疑いはかけなかったが、「神さんは見抜き見通しやで」

が口癖《くちぐせ》で、もともと助平に〝ど〟がつく私を鋭く監視して、心の動揺すら見逃すことはなかった。口喧嘩《くちげんか》は食前食後と、わが家にとっては平和の象徴であった。

❖

脳梗塞《のうこうそく》で倒れたり、喘息《ぜんそく》に悩んだりする私に、

「あんたが死んだら、わて、本屋なんかやめてしまう」

と、常に私の健康のことばかり気にしてくれていた妻。突然、腹膜の裏に腫瘍《しゅよう》が発見され、すでに手遅れとのこと。娘・奈穂子《なおこ》や息子・正紀《まさき》が八方手を尽くして、千里山《せんりやま》のガラシア病院へ運んだ。

「わて、何の果報でこんな良いところへ来れたんや?」

病院の明るく温かい雰囲気に、とても和《なご》むものを感じていたようであった。修道女が毎日、病室で話し込むようになった。

「ここの天理教の先生はベール冠《かむ》ってはる」

そう言って、妻は私を笑わせた。何を見ても、拝んでも、彼女には、みんな天理教に見えるらしい。

毎日、デイサービスルームで、ピアノの伴奏に合わせて、妻は大きな声で童謡を歌っていた。カラオケも、歌謡曲も大嫌い。ましてや人前で歌ったこともない彼女が、「カラス　なぜ泣くの…」「夕焼け　小焼けの　赤とんぼ…」と童心に帰って歌っているのを見て、私は涙が止まらなかった。

生きとしある限り、彼女は健気《けなげ》に明るく振る舞っていた。病がだんだん重くなって、脚《あし》がゾウさんのように浮腫《むく》むことが度々《たびたび》あり、そんな夜は電話で「早く病院に来て」とせっついた。私は慌《あわ》てて店を閉め、貼《は》り紙をした。

「いとしきものが生命とむきあっています。つき合ってやりたい……わがままをゆるして下さい」

深夜、阪急電車とタクシーを乗り継いで急いだ。あんなに陽気で我慢強かった妻が、思い切り駄々《だだ》をこねて私を困らせた。私だから精いっぱい無理を言ったのだ。その愛しさ。

けれども妻は、あるころからすべてをおやさまにお任せしたようで、それまでのように我がままや不足を言わなくなった。病院に行けぬ日は、私はせっせと絵手紙を書いた。

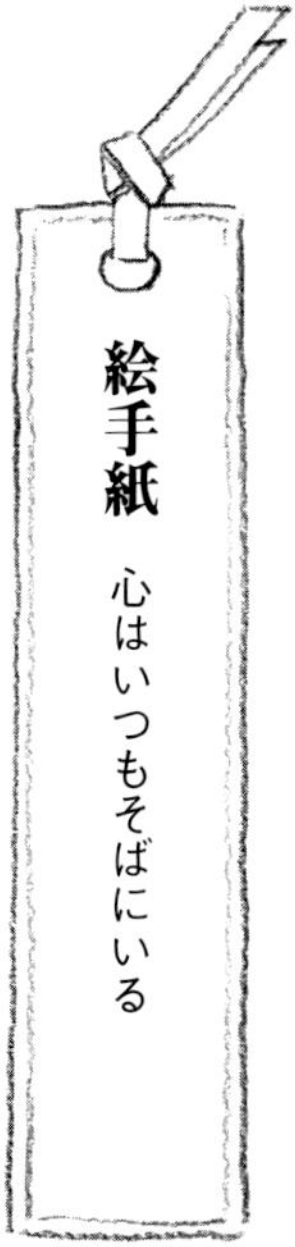
絵手紙
心はいつもそばにいる

8月17日

昨夜は　よくねむれたか
朝食おいしく　いただきましたか
たくさんのお見舞客　ありがたかったけれど
疲れなかったかと心配
とうさんは帰宅したら　棒《ぼう》のようになって寝ました
それにしても　正紀夫婦
よく尽くしてくれるので　ありがたい
こんなときに　本当の真心はあらわれるよ
天理高校惜敗　残念だったね

8月18日

直人くん[※]　来てくれたねえ
今日はすこし暑い
あなたを案じて　いろんな電話がかかってくるよ
早く元気になってもらわんと
わしゃ忙しいて　かなわん
畑先生の息子が　本を売りに来た
陽子ちゃんと　いとこのはず
よく食べて　ゆっくり寝てね

※直人くん……和美さんの甥。

8月20日

電話でお前の声をきいた　嬉《うれ》しかった
良い環境の中で　優しい信仰の光輪に包まれ
一日も早く元気になってねと願うだけ
それにしても　正紀夫婦がよくしてくれるのでうれしい
店はやっぱり　アカンけれど
落胆せんとがんばっている
お前への愛の中で　お前からの愛の心で
なんとか　へなへなじいさん　がんばっている
もう秋も近いよ

8月21日

妻よ　愛する妻よ　二つなきわたしのいのち
よくねむれたか　よく食べたか
今日は服部さん※来る日なので
すこし咳《せき》でるが　奮いたって店を開ける
宮武さんの奥さんがよく手伝ってくれる
小川さんが行きまっせと言うてくれる
峰さんが山辰のコロッケ　つまみやと
もって来てくれる　おいしい……
高山くん　お見舞い届けてくれる
咳が出るけど大したことない
正紀がよくしてくれるね　とてもうれしいよ

※服部さん……毎週木曜日に来店する常連の紳士。

8月22日

いい年してと笑われるかも知れないがお前を想うとたまらなくなる この広い世の中で28番目にめぐりあった恋人 はなしてなるかと思う やさしくて清純なまま、80になった

お前が病に臥しているのがたまらなくつらい この間ひいた毎年の風邪 咳と痰がとれなく そのくせ汗かいている 松本さんが寄って はなしていった もうすぐ土曜日 会えるね うれしいよ

6じ30分 石橋先生から嬉しい電話。

8月24日

せっかくの老いの逢瀬《おうせ》だったのに
私が体調悪くて
かえって看病してもらったりして
さんざんだった
でも　あえて嬉《うれ》しかった
今日は大分調子が良い
セリちゃんが来てくれたからね

8月25日

妻よ　愛する唯一のものよ
妻病みて　いろんなことが見えてきた
やっぱり　妻のいない青空書房はとても寂しい
怠け者の私には　やりきれない
小川さんのあたたかさ　※司研堂《しけんどう》さんのやさしさ
直人くんのまごころ　いとしき孫と　ひまご
正紀の本当のやさしさ
今　正木さんがたずねてきた　眼が悪いとのこと
おばちゃんの夢を　よく見るといっていた
久本さんや峰さんのまことも　嬉《うれ》しいかぎり
よめはん　早《はよ》うようなりや　神さんに祈ってるよ

※司研堂……青空書房の近くにある印章店。

8月29日

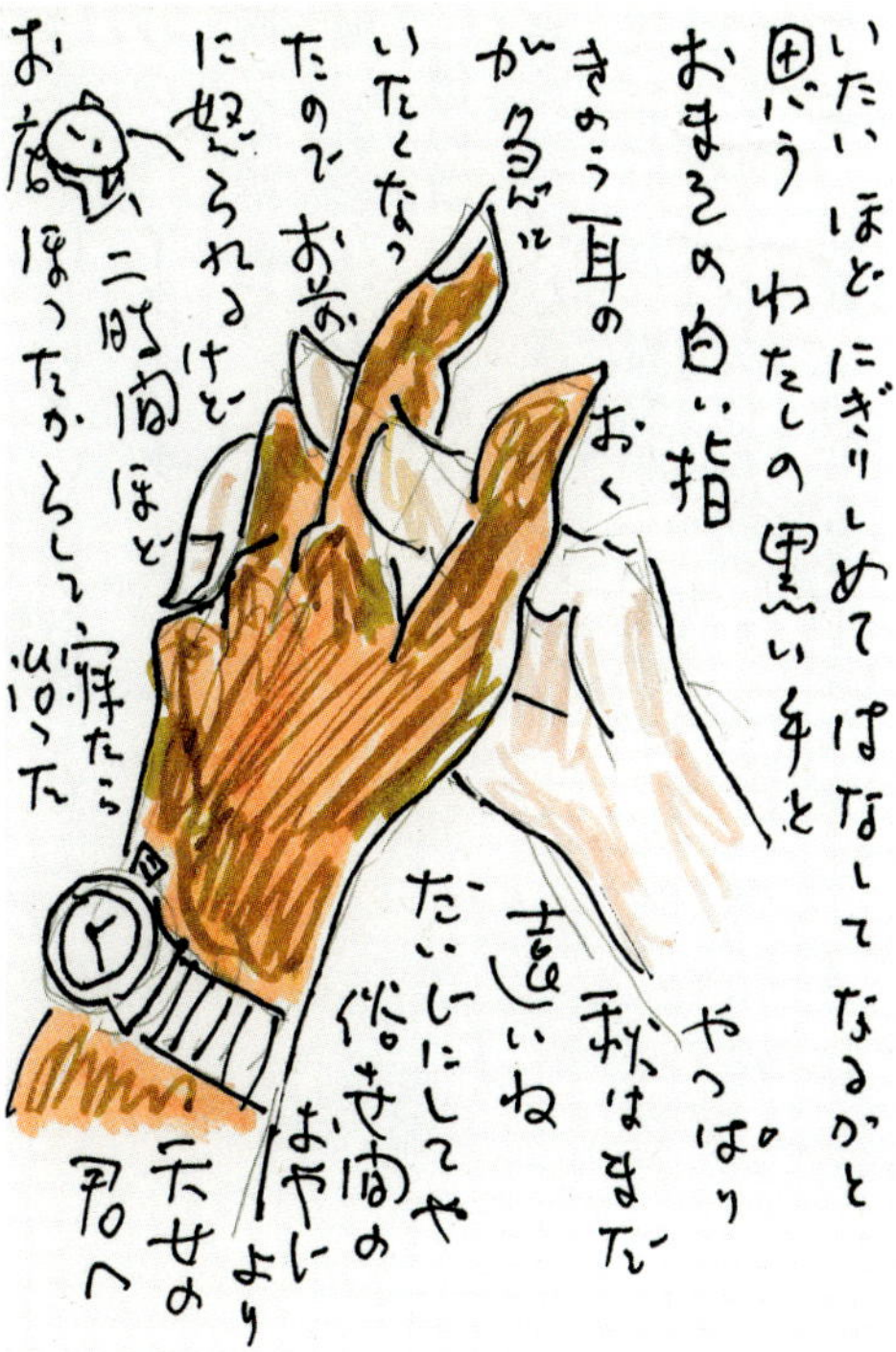
いたいほど にぎりしめて はなして なるかと
思う わたしの黒い手と
おまえの白い指
きのう耳のおく
が急に
いたくなっ
たので おまえ
に怒られるけど
二時間ほど
お店 ほったらかして 寝たら 治った
やっぱり
秋はまだ
遠いね
たいじにしてや
俗世間の
おやじより
天女の
君へ

8月31日

泊まってほしいというから泊まった
さすってほしいというから撫《な》でた
むかし　イタイイタイムシよ　トンでゆけと
呪文《じゅもん》を唱えて
痛い処《ところ》をなでた
子供の頃《ころ》の思い出だ
妻よ　二つなきわたしのいのち
すこしでも　爽《さわ》やかであれ
いたみすくなかれと祈っていたら　涙が出た
そして　何度も何度もさすった
どこにいても　お前と一緒のけん一です

9月1日

いとしきものよ　ゆうべはよく眠れたか
だるい脚《あし》をなでてやれないので　2時　3時　4時
お前の声を聞いた気がして　とび起きた
妻よ　いのちあるかぎり愛しあおう
与えられた運命をうらまず　ひたすら神さまに祈ろう
いとしきものへ

〈はがき表〉

二度とないめぐりあい　よくけんかして
神さまに感謝したこともなかった
今　ふたりだけの深い深いつながりを
しみじみと　ありがとうといいたい

9月13日

いとしきものよ
たくさんの友達や　海南の姪《めい》や　※石橋先生までたずねて来て
たくさん話や　たくさん食べてよかったね
おまえが機嫌よくしているだけで　胸がほかほかする
疲れなかったか
息子の撮ってくれた写真は傑作だよ
私は帰って風呂へ行き　ちょっと洗濯して
二階のたたみの上にごろんと寝て起きたら
もう午後六時をすぎていた
とにかくよく眠る　お前の夢を見て　また寝る
脚《あし》がだるくならないことを祈っている

※石橋先生……長男・正紀さんの幼稚園時代の先生。

9月17日

妻よ 世界中で一ばん大切なヒトよ ぼくらは毎日生命
と向きあっている しかし今日ほど生きていてよかったと
思った日はない
ガラシや病院の
看護士さん
全員と
金丸先生
や副院長
さんまで君の
誕生祝を
して下さった
お前も
泣き虫だけど 私も涙が感動で溢れ
止まらない

9月18日

いとしきものよ
何万積んでも買えないやさしさと
人の世のあたたかさを一身にうけて
和美は　ほんとにしあわせ
それは　和美が人につくして来た真心へのお返し
でも昨日　童謡で流したお前の涙は
宝石のように光っていた
よく眠れたか　脚《あし》はむくんでいないか
今日もきっと　いい事一パイあるよ
寂しがらずに待っておいで

9月19日

何遍も　何遍も「ありがとう」と言う日があった
ありがたいとは有りにくい
めったに会えないしあわせに　感謝することば
お前と私がめぐりあったのは　ほんと　ありえない　めぐりあわせ
あれから夫婦は　世の中の信じられないほどの親切や
思いやりの応援に支えられて　今日がある
やさしいお前には　やさしい友達
気の小さい私には　胸の広い友人
ほんとに有りにくいしあわせと
善意を一杯一杯うけて　今日がある
ほんとに　ほんとに有難《ありがと》う

9月20日

天神様で誓いあった愛を　そのまま58年
お前はワタシであり
ワタシはいつもお前と一緒
これからも　わからない未来も信じられるのは
お前のやさしさ
昨夜　お前の傍《そば》に寝て　いろいろ話したね
でも　私たちに見えているのは　このひととき
ひたむきに　ただひたすらに
お前の健康をいのるだけ
おろかな私をお許しください
そして妻を

9月22日

遠いところから　長い時間かけて（12時間）奈穂子※　敬雄くん
和美　お前の顔みたさだけに　たどりついて来た
すこし意見が合わなくても　お前を思う気持ちは　みんな一しょ
それほど　みんなにとって　大切な大切なヒト
昨日21日　朝早《は》よから店をあけたけど
大型連休のせいか　さっぱり人が通っていない
一日かかって1000円　まいってしまう
しかし　天満の高橋くんが5時ぐらいに来てくれた
私の秘蔵の大阪もんを譲った
無駄な日なんてない

※奈穂子……坂本家の長女。

9月23日

もう　お彼岸　早いもんやねえ
来てほしいと　電話もらった
いってやりたい　たまらんほど　お前の傍《そば》へ行きたい
でも　店がある　歯をくいしばって店をやるのも
お前への愛情なのだよ　わかってね
古い言葉に
空にあっては比翼《ひよく》の鳥　地にあっては連理《れんり》の枝
どこにあっても　お前と私は一心同体だよ
奈穂子から　帰るのに二日かかったと電話あった
苦労して来てくれたんだね
※淳二も冨士子も来た　おばあちゃんにおはぎ供えた

※淳二、冨士子……健一さんの弟と妹。

〈はがき表〉

今日もひとつ　命いただいた
おまえとわしの生命
何にもお返し出来なかったけれど
ありがたい一日だった
あまったれたハガキと笑われてもいい
ハガキでしかかけない　お前への愛なのだ
いのちよ　今日もありがとう

けんいち

9月24日

妻よ いとしきものよ こよなく
いとしきものよ こよいも
安らけく眠れ 妻よ ふたつなき、
ものよ やすらけく眠れ あしたまた
会おう

〈はがき表〉

星も　月も　太陽も
みんな　みんな
お前のために　ひかっている
お前のために　うたっている

9月25日

果報は寝て待て 玄関でどてらおばはん
待ってます 毎日感動と
感謝にずぶ濡れ
良いヒトがほんとに
多くて 嬉しいね
和美 お前の
優しさと ヒトへの
思いやり そっくり
そのまゝいま お前にかえってきたよ
け

9月27日

思ったより　元気で　ほがらかで
ほっとすると共に　これがあたりまえだとも思った
和美　お前のように美しい心で人を愛し
子を思いやっていたヒトが　苦しんではいけない
君のいたみやくるしみは　そのまま私に伝わってくる
妻よ　何度も言うようだが　あなたあっての私
私の生命　こんこんと流れている血は
和美　お前なのだ
お前のように　無私無心になったことのない私だけど
お前の清澄《せいちょう》さが灯台だった　今もそうだ

10月4日

いろいろあったね せっかく帰って来たのに ほとんど話が
出来なかった つらいきびしい月末だったが
和美が元気で明るいのが 何よりも
うれしい
いろんな ひとの
あたたかい友情や
はげましを 無駄にしては
申し訳ない
ガラシャ病院の
先生や看護士さん そして
シスターの いつも変らぬ 気配りと
献身に心から感謝しようね

10月4日

いとしきものよ
連れ帰ってもらって　すぐ寝ようとしたが
空は青いし　風もさわやか
別れてきたばかりなのに　お前が気になって仕方がない
トイレへ連れてゆく　この掌《てのひら》のぬくもりが　ずっと残っている
妻よ　きっとよくなる
孝行息子は心配いっぱいだが　闘病と言うではないか
弱気になったら負けだ
お前の勇気と根気　そして　神さまへの感謝が
きっと　良い方へみちびいて下さる
でも　転んでは駄目だよ　看護師さんを呼ぶのだよ

10月4日

とても心配なので もう一枚 ハガキ 送ります トイレへ
行くのに転んでは大へんです。 骨折でもしたら
いのちにもかかわります 人さまの手を煩《わずら》わす
ことの嫌いなあんたやから 何度も看護
士さんの手をかりること とても気づかれ
すると思いますが こけたらとり
返しつかんのです
ナースコール必ずして下さい 父さんも
御迷惑おかけしますが
何とか時間つくって 行きますから

〈はがき表〉

小さな小さな古本屋
二人で作った真心のみせ
お客さんに真心つつんで売ってきた
あんたが倒れて　ヨレヨレになったけど
お客さんや　恩人が
みんな　あんたの回復祈っています
お父さんの言うこときいて下さい
ナースコールしてね
お前の脚《あし》は　青空書房の脚でもあるのですよ
もう　転ばないでね

10月6日

いま10月6日午後10時20分
やっと夕食を済まし　薬を飲み　神饌《しんせん》を下げ　寝床を敷いた
台風が近づいて　厳しい気候状態だよ
和美　よく寝てるかな　おしっこは大丈夫か
トイレへ行くのに　すべったり　ころんだりしてないか
今すぐにでも飛んでいって　介抱したい
たまらなく不安だし　お前の淋《さび》しさ　心もとなさが
そのまま　つれあいの私の苦しみ
病んでいるお前が　いちばん苦しみ　つらい
だが　いてもたっても　お前を助けられない私
ごめんね……朝　神さまのおつとめしていたら　涙が止まらない

〈はがき表〉

涙が出て止まらないのは　つらいからではない
体がえらいからではない
こんな愚かで失敗ばっかりのたよりない　てい主をいつもたすけ
大事な大事な和美に　今日も明るい一日を下さっている神さまへ
ゴメンなさいとの涙
先生の言うこと　ナースの言うこと
よう聞いて治って下さい
ホナ　さいなら

10月8日

台風がそれて　大阪には被害が無かった　でも　嵐はとても不安……
和美が　どんなに寂しく心細かったかと思うと　たまらない
転んでないか　どこか痛みはしないか
とてもいい病院だけど　一人寝はどんなにつらいことか
私には　よく分かる
どんな時でも　私を一ばん理解して苦労をわけあってきたのに
人生の最晩年　違うところに居るのは　ほんとうにやりきれない
子供みたいやなあと
私の夢を支えつづけてくれた　いとしきひとよ
どうぞ　一日も早く　よくなっておくれ
祈っている

〈はがき表〉

ひとさまには見せられない顔がある
もうろく爺《じい》さんの涙である
毎朝　神さまにおつとめしながら
滂沱《ぼうだ》と流している涙
着物ひとつほしがらず
たった一粒の真珠を
あんなに　あんなに喜んでくれたお前
ひたすら　子のため
ひたむき　私のため
何にもしてやれない私がもどかしい

10 月 11 日

心の底まで透き通るような
碧《あを》い空 心ゆくまで
語りあったね この頃
すこし涙もろくなったね
お前の涙を見ると
私の胸が苦しくなる
天から神さまは 私ら二人
をもじっと慈しめの目で
見て下さってる あの空
の雲のように 二人はいつも
一緒だよ 辛いことや悲し
いことはもういいよ
(オモテへ)
けんいち

10月13日

どんなかすかな光でも　私は諦《あきら》めない
いのちというものは　そういうものだ
こんなに強く愛し　こんなに一生懸命祈っている
妻よ　いとしきヒトよ
どうぞ　一日も早く回復しておくれ
神の慈しみの前にひざまずいて
あの健康であった日に戻ってほしい
そして　沢山《たくさん》の友達の愛に応えてほしい
やさしさ　大らかさ　そして溢《あふ》れる笑顔
それは　私達二人のものだ

〈はがき表〉

日ましに増す寒さ
風邪ひくな
よくねむれ
むりせんように
すこしずつ　体をうごかしなさい
ねてもさめても
お前のことだけ　神さまにたのんでいる
きっと聞いてくださる
額《がく》の中で　おばあちゃんが今日もにこにこ

10月15日

脚《あし》がむくんでうっとうしいね
土曜日の晩　うんとさすってあげるからね
どうしても　どこか一ケ所　しんどいところから　はなれられない
人間って　きっとそうなんだよね
どんな人だって　きっと一つぐらい　悪い処《ところ》がある
それでも平気で生きている
それを支えていてくれるのは
人と人との思いやりだ
わたしが君を想うのは　当たり前
でも　たくさんのお前のお友達が　遠い処から
お見舞いに来て下さる　有難《ありがた》いことだよね

〈はがき表〉

ひとにとって　生命がとても大切なように
もっと小さな　それぞれの時間がある
すぎ去った生命が　とり返されないように
それぞれの時間は　二度と戻って来ない
惜しみなく　それぞれの時間を
君のために持ってきて下さった　やさしさ
それを忘れてはいけない
だから貴方《あなた》は　早く元気にならなくてはいけないよ
泣いてるヒマなんてないんだよ

春は華かに見えて淋しい
秋は淋しく見えて
明るい
ガラシャ病院
には自然が
一ぱいいいなあ
17日ポンポコリンの
脚を見て
とてもかなしかった
よく
おしっこして軽い脚に
なってほしいと祈って
いる
空
がとても美しく
晴れてちょっぴり
だけどいいことありそうな

10月21日

10月21日午後九時四十五分　お前はどうしているやら
私は夕食を済まし　脳梗塞《のうこうそく》の薬を分包《ぶんぽう》した
店は　あんまり売れず
胸が一日　チクチク痛んだが
今治っている
お前の輸血が終わった頃《ころ》かな
脚《あし》がむくんで苦しんでいると思うと
居ても立っても居られない
男なら　じっと我慢すべきなのだろうが
私にとってのお前は　私のすべてなのだ
無力な私は　ただ祈るだけ

〈はがき表〉

かぎりない宇宙のなかで
どうして二人は逢《あ》ったのだろうね
そして　長い人生をコツコツ歩いて来たね
何度もころんだけど　扶《たす》けあって来たね
金曜日には　奈穂子が来ると電話があった
はずむような　明るい電話だった
手法は違うけれど　親孝行な児《こ》があって　よかったね
胸のいたみが消えている

10月23日

昨夜は電話してこなかったね
すこし　ましなのか　それとも　しんどかったのか
ちょっと心配しています
冨士子が　洗濯もの持ってきてくれました
みんな　それぞれ真心をつくしてくれます
有難《ありがた》いことです
昨夜　店はすこし買い物があって
一日整理　値付けに終わりました
正紀が来ました
もうすぐ逢《あ》えますね
いい話をためておいてね

〈はがき表〉

よく晴れた金曜日の朝
これから東田せんせいの処《ところ》で点滴
昨日　石段で足がギクッとなって
一日うっとうしかった
でも　貼《は》り薬で治りました
まだまだ　仕事が一ぱいです
充実した一日を

いとしきひとへ

10月29日

ゴメン一日てがみさぼって了った　84才のおいぼれは店を閉めて
帰宅すると棒のようになって寝て了う　お前の電話
奈穂子の電話に　心痛めてどうにもならないもどかしさ。ゆうべは　よくねむれたか
何度も何度も　トイレにいったのかね
付いてやれなくてゴメン　お前が
病気とたたかっているように
精神こめて商いしている
私の世界で一ばん愛しいのは
和菓そして私の店なのだよ
いろんな方々のはげましとお見舞に
励まされ　今日のお前がある。寂しいだろうけれど一人ではない

11月9日

ひさしぶりに　画《え》手紙を書く
毎日疲れて　棒《ぼう》みたいになって寝てしまって
お前への手紙を書く心のゆとりも　なくなっていた
けれど　お前の元気な姿を見て　うれしくって
このしあわせが
ほんまもんでありますように
また神さまにおねがいしました
妻よ　私にとってかけがえのない　お前なのだ
どうぞ　病《やまい》いえますように

11月12日

君のはじめてのラブレター
嬉《うれ》しかった
字もしっかりしていたし　文章もちゃんと出来ていた
よかったねえ　ここまで回復できて……
病院のみなさんや　お前の信仰のお蔭《かげ》だよ
ところで私だが
ここんとこ　疲れがひどくなって
店から帰ると　棒《ぼう》になって寝て了《しま》う
店は服部さんが来たり　この頃《ごろ》すこし忙しい
でも　仕事がひとつも片づかない
君の元気に負けてます

〈はがき表〉

また　ばかみたいに肩が重たくなって来た
だけど　国金の支払いだけは
きっちりしておきたい
今日いただいた一日を
さいごまで果たすのが
私の生き方だよ

11月15日

げんきで帰ってくれて嬉《うれ》しい※
息子の車で　御堂筋《みどうすじ》の銀杏《いちょう》並木が黄金《こがね》色に輝いているのを見て
フト　遠い青春を思い出した
お前の手紙で　私はものすごく勇気づけられ
いろんなシゴトを一気に片づけた
お前の背や腰を　さすってやれなくてゴメンね
一日生きれば　一人のヒトを喜ばそうと思っている
〈はがき表〉
生命とは　ヒトを喜ばすタメにあるもの　そうでなかったら
神サン　こんなじじいを置いてくれはれへん
寒うなるから　気いつけや

※このハガキは和美さんが自宅外泊後、病院へ戻ったあとのもの。

11月17日

腰が痛かったり　おなかをこわしたり　脚《あし》がだるくなったり
君は君なりの悪戦苦闘の連続だね
私も私なりに　自分で自分をシッタゲキレイして
とにかく一日一日を　精一杯に使いはたしているつもり
今日はもう何にもしごとしないで　風呂にいって寝た
だけど　しんどいのは変わりない
もう年かねえ
でも　一日誰かひとり　喜ばすことが出来たら
それが　私の人生の完徹なのです
そうしなかったら　カアちゃんの病《やまい》を
少しも軽く出来ないと思うのです

〈はがき表〉

もっともっと
寒くなるでしょう
もっともっと
雨も降るでしょう
そのかわり　※箕面《みのお》の山は赤くもえるのです
わるいことばかりではありません
良いことばかりでもないのですねえ
かあちゃん　大きな気で
体をらくにして下さい

※ガラシア病院のある大阪府箕面市。

11月22日

11月22日はいい夫婦の日と云うそうだ
お蔭さまで お爺の元気で明るい笑顔を
見て わたしはとても豊かな気分です
無理して遠いところから来てくれた娘
精一杯の親孝行をしていって
くれたね 良い子供を持って私達は
幸せだよ みんなで食べにいった ほん当
においしかったね 神さまが下さった ご馳走
だったね ゆうべは淋しくて寝られなかった
のと違うか お爺がいつも わしのこと心にかけ
ているように わたしも お爺の心のそばにいるよ

11月25日

肩が凝ってねられないとの電話　食後の薬をのんでいても気が気でない
息子も大へんだからゆこうと　心をきめてマフラーしめたら
もう来なくても良いと言う
ホントウかな　みんな　ムリして頑張っている
その中で　私がまだ　かばわれているのかも
もうきめた　お前がエライ時　地下鉄さえ動いて居れば　きっと行く
お前の病気以上に優先するものはない
〈はがき表〉いつも言ってるように　お前があっての私なのだ
お前ががまんできないほど　しんどい時　私もくたくたになる
お前が快調なアサは　私もイキイキと店に出る
沢山《たくさん》の人が　お前をたよっている

11月29日

妻よ　いとしい私の妻よ
奇蹟《きせき》はあるのですね
私の愛するものに
神はときどき　ほほえんでくれます
この脚《あし》を見てごらんと　元気に伸ばした
痩《や》せてはいたが　すこしつややかに光る脚を見て
私の胸はつまった
この幸せを　大切にしようね
硝子《ガラス》のように砕かれないことを
帰って神さんにたのんだ

11月30日

もう午後11時になったから　年賀状書きを止めて寝ようと思う
肩は凝らへんか　脚《あし》はしんどくないか　淋《さび》しいやろうけど
やさしいナースの皆さんに支えてもらって　お前は幸せだね
お友達や　お医者　おまけに神様まで味方につけたお前はえらい
これから寒うなるけど　暖《あった》こうして　おしっこに行きや
年賀状書いてます

〈はがき表〉
昨日は散髪　今日は入れ歯　明日は目医者
わりと忙しい　そやけど　人生は愉《たの》しい
苦しい分だけ　御褒美《ごほうび》がくる
いとしいお前の元気がそれだ

12月7日

ちょっと寒い夜だったが　二人で肩をたたきあいしたりして
たのしくて　ちょっとしんどい夜だった
ほんとに　元気になって　うれしい
これがほんまもんなら　ゆうことないけど
まだまだ　神さまは　いたずらなさるような気がして
父さんは　とても心配です
すばらしい先生と　熟練の看護師に
おまかせしてあるのですから
大舟《おおぶね》に乗った気持ちで　今日を明日をはげみましょう
正紀は　塾がとても大へんな時季です
つらいだろうけど　母の愛情で　がまん　がまん

〈はがき表〉

今思うことが　すぐ叶《かな》えられたら
あなたが　あたり前と思っていることが
息子に大きな無理を強いる結果となっては　よくありません
もともと辛抱《しんぼう》強く　はたの人のことばかり考えていた
かしこい貴女です
息子の苦境に　今しばらく　目をかけてやりましょう
寒い冬でも　まっ赤に咲く花があり
ときどき鉛《なまり》のカーテンをさっと引いて
紺碧《こんぺき》の空が見えて来る
待とうね

12月7日

かけがえのない妻よ 何遍でも何度
でも云う 私の心であるお前
やさしくて 誰に対しても
思いやり一ぱいのお前
ちょっとだけ この時期辛抱
してね 正紀はいま学習塾
が大へんな時期 それで少々多く
を切っている たくさん学校や
先生の連絡が入るそうだ
それでも お前の電話が入ると
居ても立ってもおれない
ただ わたし達夫婦の可愛い息子
息子のため どうぞすこし
我慢しておくれ

〈はがき表〉

正紀も　奈穂子も
それぞれ出来るだけ　お前を想っている
出来る限り　つくして悔いはない
残念ながら　お前はまだ治っていない
神さまが　お前を見護《みまも》ってくださってる
私達親子３人のすべてを　私はおまかせしています
勝手なようですが
おろかで　弱い　非力な私たち夫婦をよろしく
神さま

12月9日

森田※さんに出会ったから　りんごのお礼を言いました
円見※さんに鎌倉ハムのお礼をハガキで出しました
年賀状15枚　書きました　ちょっと足らないようです
また体調ええ時　絵も文章も書きます
もう　12時すぎました
一生けん命　しごとしても　どんくさいね
追いつきません
シャッターの柱　故障したら
通りかかった若もの二人が　直してくれました
私のぐるりは良い人ばかり

※森田さん、円見さん……和美さんの友達。

〈はがき表〉

もう　つかれたから寝ます
もう今年もあとわずか
お互い　風邪ひかんようにしよう
冨士子が洗濯もの　とりに来てくれました
みんな親切です
お前も寂しがらんと　メリークリスマスへ

12月10日

電話もしないし　ハガキも出していないので
お前の事だ　ずいぶん心配してるだろうけれど
これで精一杯　時間から時間　一生懸命駈《か》けています
でも　ヨチヨチ歩きしているみたい
すべて遅れ　おくれてしまいます
今日　店のシャッター故障で開かなくなりました
信州そば夫婦　パーマの兄ちゃんも　手をかしてくれましたが
ビリっとも動きません
最初呼んだ三和シャッターは駄目　2回目に呼んだ東和シャッターが
柱を換えてくれて　やっと修復しました
これで明日から　シャッター安心して開閉できます

〈はがき表〉

風呂にいって　夕食とって　薬をのんだら
もう9時半
グズですね　何も出来ない毎日です
お前のことを　心配して心配して
商いの間も忘れたことはないのです
それでも　シャッター故障で　すべてストップする処《ところ》でした
助けてくれたのは　神さまでした
愚かなグズの私の一日が　もう終わろうとしています
元気だしてネ

12月21日

かずみが元気なので　わたしはとても嬉《うれ》しい
一しょうけんめい働いているつもりだが
寝てばっかりのおじいさんになってしまって　申し訳ない
親孝行な娘が無理につくしてくれて
涙が出るほど嬉《うれ》しい
せり・まい二人の孫　やんちゃなハヤタ君
かしこい結衣《ゆい》　ありがたい

〈はがき表〉
みんながカズミを応援しています　力一ぱい心をつくして
和美の元気を喜んでいます　たのしいことだけ見てゆこう
みんなの真心に　ありがとう　サムイから気をつけて　マタネ

12 月 22 日

サンタさん煙突なくて
困ってる…今日は
すこし暖かい それなのに私
風邪ひいてハナぐずぐずでのど
いたい それでもガンばってる
和菓のこと思うとだらけ
たらあかんと店を開けている
何とか 年末年始、私の処
に居れば良いと思う どうも
、裕美さんや正紀くんはそれぞれ
忙しくって アテにならん でも私の
お弟だ 二人だけのお正月つくろう

〈はがき表〉

生きるということは
大へんなことだけど
また　とてもしあわせ
ひとびとの　やさしい真心が
私達の晩年を　あったためてくれる
みんなに　お礼を言おう
ありがとうの心を
忘れないで
すこし風邪でノドがいたいが
これは毎年のこと　心配するな

12月26日

ゴメンね　泊まりに行ってやれなくって
急に声が出なくなって　黄色い鼻汁
マア　風邪らしい
太融寺さんが手をかして下さってるのか　年末メチャ忙しい
お前のこと　気になってるけど
年末また会おう
それまで風邪なおしておく
目がねが　おかしいので　取り替え（修繕）に行く
風邪のコト　心配センデイイヨ　元気

12月28日

土曜日になったら会えるのに
ちょっとヒドイ風邪で　行くことも　来てもらうことも出来なく残念
ヒューヒューとしか　声が出なくて　店番も弱った
お前と会えない土曜日の空《むな》しさ……
毎年暮れになると　この風邪クンがやってくる
私たち夫婦の絆《きずな》は深く　そして温かい
いろんなヒトの好意で　どうにか生命いただいて　あれこれ言って
二人の愛を　あったためている
淋《さび》しいやろうけど　もうすぐ会える
それまでに　風邪を治しておきたい

手記

和美と健一のものがたり

いつまでもいとしきひとよ

病が不治と、担当医から報《し》らされても、私は朝夕、おやさまにすがり、お願いした。

妻は店を休んででも泊まり込みに来てほしいとねだったが、苦しい家計のやり繰りを考えると、そう付き添ってもやれない。苦しい悲しい日が続いたが、そこをやり繰りして店を何とか開けるのが、男として、夫としての自覚であり責任でもあった。

何物にも代えがたきもの、私の生命そのもの、それが妻であった。私は妻の傍《かたわ》らに居《お》ってやれない代わり、古本屋の店番をしながら、せっせと絵手紙を書いた。それを見て喜ぶ妻の笑顔を思い描きながら。傍らに行ってやれない、いらだたしさと申し訳なさを、時間を絵にし、文に書いて毎日のように送った――。

優しく、甘く、せつなく、私をこの世で一番自慢にしていた妻。そのかけがえのない妻が、平成二十二年二月五日、八十歳を一期とした。娘、奈穂子に手を取られて永眠した。

手記

おとうちゃん、ごめんね

あとがきに代えて

おとうちゃん、さきに逝《い》って、ごめんね。

あんたと一緒か、見送ってからや言うてたのにね。

永《なが》くて短い一生でした。

女子挺身隊《ていしんたい》で九州の炭坑《たんこう》で働き、やっと和歌山の教会に戻り、おばあちゃんと二人で守ってきましたが、縁あって大阪のあなたの所へ嫁いできました。なにしろ辺鄙《へんぴ》な紀北の山里暮らしから、焼け跡闇市《やみいち》の大阪へ来たのでしたから、大へんでした。

おとうちゃんは優しかったけれど、おじいちゃんは船場生まれの明治人間。頑固で我がままそのもの、封建主義の固まりみたいなひとでしたから、苦労したのよ。

そのおじいちゃんも気管支性喘息《ぜんそく》、十五年の闘病のすえ亡くなり、おとなしいおばあちゃんは、九十三歳まで元気でしたね。

わたしたち夫婦は、若い時からよく喧嘩《けんか》しましたね。おとうちゃんは商売そっちのけで郷土史や民俗学の勉強をしたり、ひまがあると絵を描いてましたね。でも、朝七時から晩十二時まで、くたくたになるまでよく働きました。

ひとの倍働いて、ひとの倍安く売ったげるのやと、苦学生時代の苦労忘れぬひとでした。理想は良いけど、お金が入れへんので毎日毎日ピーピー言ってました。とうちゃん、あんたはあかんたれで、じきにしょげ、しょむないことに悲観しましたね。あかんよ、理想持ってるひとが、夢追うひとが、そんなことでどうします！　わたしはあんたをよく叱《しか》りました。

困ったことが、ありましたね。新刊の週刊誌、雑誌を扱っていたので、十五日、三十日の締めは大へん。長男正紀《まさき》が生まれた日、東販が発送を前ぶれなしに止めましたね。困りました。お産のため、その前の支払いが用意出来なかったのでしたね。でも二人で工夫して、お友達の力も借りて、何度も何度ものり越えてきました。「真剣白刃渡《しんけんしらはわた》りのスリリングね」と、二人でよく笑いました

おとうちゃんは、けったいなひと。デートのとき、道頓堀《どうとんぼり》の劇場でヌー

ドバーレスク「チャタレイラバーズ」なるストリップを観《み》せました。あんたは高尚《こうしょう》な文学青年でもなく、ただの好《す》けべだというところをかくさなかったのです。たしかにあんたはHでしたね。でも、おもしろかったわ。

新婚旅行はおじいちゃんが病気のため行けませんでしたけれど、おとうちゃんの知り合いの方が有名寺院の執事さんだったので、京都や奈良の国宝クラスを心ゆくまで拝観させてもらいました。息子が小学上級生になった夏休み、おとうちゃんの作ったスケジュールで、毎年二泊三日の旅をしました。那智《なち》勝浦、伊勢志摩、四国松山、室戸岬《むろとみさき》土佐高知、防府《ほうふ》山口、津《つ》和野《わの》、信州《しんしゅう》松本、高山と、お金が無いのでケチケチ旅行国民宿舎めぐり。本当に楽しかったわ。

「人生は旅だよ」と、とうちゃんはいつも言ってました。宝石も着物も、何もないけど、貧しいことをうらんでませんよ。おとうちゃん、おおきに。おとうちゃんは、お酒ものまず、パチンコも知らんと、ただせっせと古本に埋もれて喜んでいるひと。わたしは、そんなおとうちゃんが自慢でした。お金儲《もう》けは下手《へた》でも、いろんなことを勉強するひと。おとうちゃんはわたしの宝ものです。一日でも長生きして、若いひとにいいことたくさん教えてあげてね。

わたしは残念やけど、先に行きます。

けど、おとうちゃん来るまで、あんたのそばにひっついてるよ。たすけたげるよ。まもったげる。

息子のつくってくれたお墓には、一人では行けへんの。「世界で一ばん好きなひと」と、おとうちゃんが言ってくれたように、わてにとっても、かけがえのないひとやから、ずーっとそばについてます。
そやけど、浮気したらあかんよ。ひっぱたくよ。地球上で一ばん好きな
あかんたれ、弱虫泣きみそ、そのくせ、おこりんぼな、わたしだけのおと
うちゃん。
からだ、だいじにしてや。
みんなに、やさしくするんやで。
さよならとは、いいません。

あなたの和美より

さかもと　けんいち様

※この手記は、坂本健一さんが奥さんを亡くした後、『大阪古書月報』に寄せたもの。

付録

青空書房のこと　雑誌『すきっと』の記事から

第16号「ヒューマン」（平成22年12月）

坂本健一
浪華《なにわ》の名物古書店主
妻にささげる〝家庭内通信《ラブレター》〟

大阪・浪華のある古書店主が、生前の妻にあてた家庭内通信や絵手紙が、いま静かな感動を呼んでいる。店の名は「青空書房」。店主の坂本健一さん(87歳)と妻の和美さん(享年80歳)は、この世界では知る人ぞ知る名物夫婦だった。夫妻との会話を楽しみに、とくに若い読書ファンが全国から来訪、来店者用のサインブックには有名作家も名を連ねる。

坂本さんは今年五月、それまでの歩みをつづった著書『浪華の古本屋　ぎっこんばったん』を出版。その記念に開かれた健一さんの絵や文章を集めた個展で、和美さんへの家庭内通信や絵手紙が話題となり、地元のテレビ番組でも紹介された。日々の暮らしのなかで淡々とつづられた妻への思いの数々は、老いてなお愛と誠実に向き合うことの尊さを教えてくれる。

始まりは百冊の岩波文庫

「本は生きています　大切に」

「なにをためらっているのですか　アンパン一個のねだんですばらしい日本の叡《えい》智《ち》が手に入るのですよ」

　青空書房の店内に入ってまず目につくのは、いたる所に張られた手書きのコメント。いずれも健一さんが書いたものだ。

「すこし古くなって黄色く焼けていても二度とめぐりあえない一冊である　探して下さい　見つけて下さい」

青空書房は、大阪の中心部にあるＪＲ天満駅から徒歩10分ほどの天五中崎通商店街にある。天満駅のそばを南北に走る天神橋筋商店街を北上、途中を左折し、天神橋五丁目交差点を渡って140メートルほど進む

天五中崎通商店街は全長およそ500メートル。筋を一本入ると昔ながらの路地が残り、いまも人々の暮らしが息づいている

書棚を移動するたびに、新たなコメントが語りかけてくる。本への愛に満ちた温かな文句に誘われて、つい棚に手が伸びる。

❖

坂本さんが、古書店を始めたのは、第二次世界大戦終戦直後の昭和二十一年、二十三歳の時だった。軍隊から復員して家に戻ってみると、父は気管支ぜんそく、妹は腹膜炎で床に伏し、それればかりか家族全員が栄養失調になっていた。

「親父《おやじ》は法に厳格な人でね。家族に『闇米買《やみごめ》うことまかりならん』と厳命していました。でも当時は、闇米を食べないと生きていけなかったんです」

坂本さんは、家族を支えねばと一念発起。自身の唯一の財産である岩波

文庫百冊を携えて、空襲の焼け跡に立つ闇市に店を開いた。それらの本はいずれも、夜間大学に通いながら食事代を節約して手に入れた、坂本さんにとって命ともいえるものだった。

食うに事欠く状況でも、本は飛ぶように売れた。人々は活字に飢えていた。その後、ＧＨＱ（連合国最高司令官総司令部）の指令で、闇市は一年で閉鎖。紆余《うよ》曲折《きょくせつ》を経て、現在の天五《てんご》中崎通《なかざきどおり》商店街のなかに店を構えた。

本は売れたが、一家の暮らしは苦しかった。

「売り上げの多いときは、一斗缶《とかん》に半分くらいお札がたまりました。でも、それがひと晩でほとんどなくなるんです。その訳は、親父の医薬代。戦後のあの時代は、エフェドリンなどという非合法の薬がありましてね。親父はそれを毎日注射していました。その薬代と、看護師さんへの手当で、お金が消えていきました。でも、私は親孝行のためやから、それでいいと思っていましたね」

商売に、病気の家族の世話にと、てんてこ舞いの日々のなか、坂本さんに見合いの話が来るようになった。しかし条件の合う相手とは、なかなか巡り合えなかった。

「女性の結婚相手に対する希望は当時もいまも一緒です。長男でなく背の高い人がいい。何よりも両親との同居は嫌《いや》。二十七回見合いをして、二十七人が同じことを言いました。そして、二十八回目に出会ったのが家内でした」

　和美さんは、和歌山県海草《かいそう》郡にある天理教の教会に生まれた。出征中の兄に代わって教会の跡取り娘として育ったが、その兄が無事復員してきたので嫁に出ることになった。

「家内の実家は、高野山の麓《ふもと》の山峡《さんきょう》の村でしてね。当時は草深い田舎で、大阪へ出てくるのに一日がかりの所でした。彼女は純真無垢《じゅんしんむく》な、けれども芯のしっかりした女性でした」

　昭和二十七年四月二十日、二人は大阪北区の天満宮で挙式。健一さん二十八歳、和美さん二十二歳の時だった。

やさしくて怖い嫁はん

結婚して三カ月ほどたったある日のこと、それまでおとなしくしていた和美さんが、健一さんに向かってこう言った。

〝あんた、甲斐性《かいしょう》なしやねぇ〟

「ムカッときましてね。けれども、どう考えても当たっているんですよ。私の店の経営の仕方、家族内における発言力の弱さ、どれをとっても家内の言うとおり。とくに親父の医薬代です。親父は体にいいと思ったら、次から次へと高価な薬を使うんです。いまと違って健康保険もありません。親父の言うなりに、お金を出している私を見て、それではあかん、と。これから家計は私が管理すると言いました。

普段はおとなしい、派手なところの一つもない女性でした。いわゆる鬼嫁の傾向は少しもなかった。けれども、実家の教会の跡を取ろうとしていただけあって、毅然《きぜん》としたものを持っていましたね。おかげでそれからは、家の暮らしは少しは楽になりました」

二人は朝から晩まで懸命に働いた。二人の商いのモットーは、向学の青年たちによい本を一円でも安く提供すること。自身が学生時代に苦労した健一さんの思いがこめられている。

やがて、二人の子どもを授かり、父と母を見送った。とくに母の介護に対する和美さんの献身ぶりに、健一さんは頭の下がる思いがした。

和美さんは、大きな声でよく笑い、よく、人を励ました。普段は陽気な明るいオバちゃんだが、いざとなると大の男にもひるむことはなかった。店に来たやくざと渡り合った〝武勇伝〟もある。近所の人からも何かと頼りにされた。体に不調を訴える人からは、「天理教のお祈りしてほしい」とよく頼まれた。

「彼女のお祈りは、よく効くんです。痛みがピタッ

店を訪れるのは本好きの若者はもちろん、髪の赤いおニイちゃん、派手な服装のおネエちゃん、買い物ついでのオバちゃん、毎週来店する年配の紳士まで老若男女さまざま。古本を売りに来る人とも、持ち込まれた本について文学談義に花が咲く

と止まる。みんなそれをよう知ってましてね。困った時の、切り札みたいに思とったんでしょうな。声がかかると、昨日まで喧嘩《けんか》しとった人のところへでも飛んでいってました」

そんな和美さんにも、困ったところが一つあった。

「ものすごい、ヤキモチ焼きなんです。もう五十歳を過ぎたころのことです。ある時、戦争前にお付き合いしていた人から電話がかかってきました。お付き合いといっても、せいぜい一緒に歩いたくらいのものです。相手の女性は、姓も変わって幸せに暮らしているとのことでした。ところが、それから家内が口をきいてくれないんです。一週間たっても、ひと言も、ものを言わない」

そんなことが幾度かあって、健一さんは、どうにかして意思の疎通を図らねばと、一計を案じて「家庭内通信」を始めた。毎日、店に出かける前に、新聞広告の裏にその時思いついたことを書いていく。

◈

少し眠っておつとめ済ましたら9時20分　もう店に行きます
むし暑いかも知れないが
良いことだけを思い描いてシャッターを開けます
脚《あし》の痛みがちょっとでも楽になりますように
今日もたくさん笑ってください

けんいち

私の一番大事な人へ

寒いのは太陽のきまぐれ
負けてたまるか
今日は血圧も下がった
昨日は心配かけたがもう大丈夫
充分《じゅうぶん》注意して慎重に行動はするが
寒さに負けては居《お》れぬ
人生はたのしいことがいっぱいあるよ
兎《うさぎ》のようにおとなしいていしゅより
やさしくて怖い嫁はんへ

内容はいずれも「通信」というよりは、ラブレターと呼んだほうがよさそうなものばかり。

「手紙は臆面《おくめん》もなく好きだとか、愛してるとか、言葉では言えないことを書けますでしょ。続けているうちに、〝よう、あんなアホなこと書いてからに〟って、よく笑うようになりました」

和美さんの病

丈夫で、元気で、朗《ほが》らかで、絶対に病むことはないと、本人はもとより、亭主も、周囲の人々も信じていた。和美さんは、健一さんの病気を案じ、自分が看取《みと》る準備をしていた。

ところが平成二十一年六月、和美さんは急に体調を崩し、発熱が続いた。病院の検査の結果、「平滑筋肉腫《へいかつきんにくしゅ》」と知らされた。病状は深刻で、箕面《みのお》のホスピス、ガラシア病院に入院。健一さんは、家庭内通信に代えて、せっせと絵手紙を書いた。

「いとしきものよ／心のそこからいとほしきものよ／なんども二人して力合《あわ》せて逆境をのりこえ挫折《ざせつ》をばねにしてあるいてきたね／こんどもきっとそうだと思うよ／ヒトはみんな終末へ歩いている／だれも例外はない／けど夫婦のえにしだけは神さまだって切れない／をろをろと涙をながし／お前の幸運を昼も夜も祈ってる／いとしきものよ／おまえのいたみが即わた

しのいたみなのだ／二人して困難に笑顔をむけて今日を生きよう」

しかし、病気はどんどん進行していった。脚が象《ぞう》のように腫《は》れ、食べれば下痢が続く日もあった。けれども、その間には小康の日もあり、元気に病院の廊下を歩きまわれることに、奇跡のようやねと、二人して喜んだ。

「ひさしぶりに画《え》手紙を書く／毎日疲れて棒みたいになって寝てしまって／お前への手紙を書くゆとりもなくなっていた／けれどお前の元気な姿を見てうれしくって／このしあわせがほんまもんでありますように／また神さまにおねがいしました／妻よ／私にとってかけがえのないお前なのだ／どうぞ病《やまい》いえますように」

和美さんは、最後まで早く退院して家事をするのを楽しみにしていた。

しかし、その願いが叶《かな》うことはなかった。秋も深まったころ、二週間何も食べられない日が続いた。そして、平成二十二年二月五日の朝、カラカラに痩《や》せた和美さんは、綺麗な微笑《ほほえ》みを浮かべて逝《い》った。

いのちある限り

和美さんが亡くなって、八カ月がたった。健一さんは以前と変わることなく、毎朝、自宅から出勤して店を開ける。娘や息子は一緒に暮らそうと言ってくれるが、和美さんと築いてきたこれまでの暮らしを大事にしたいと思っている。

朝、神前でおつとめをして、和美さんの笑顔の写真に声をかけ、家を出る。店に着くと、シャッターを開けて、店舗の奥のいつもの場所に座って店番。日中は、割合ひまで疲れて舟をこぐこともあるが、夕方が近づくにつれ、お客の出入りは多くなる。本を探す人にアドバイスをしたり、常連さんと人生談義にふけったり。〝健一ファン〟の若者たちも訪れ、会話が弾む。彼らは店じまいを手伝ってくれる。

帰宅すると、和美さんに一日の報告。写真のなかの和美さんと語らうときが、健一さんの心が一番解放されるときだという。

❖

店には以前と変わらず、若者たちが健一さんに会いにやって来る。和美さん亡きあとの健一さんを心配して訪れる人も少なくない。健一さんも、彼らとの会話を楽しみにしている。

「よく、いまの若い人は頼りないというようなことを言う人がいますが、とんでもない。彼らは素晴らしいですよ。こちらが教えられることが、たくさんあります。

ただ、いまの若い人の不幸なところは、こんな本がいいよと勧めてくれる先輩がおらへんこと。そして、何がために生まれてきたのか、人生をどう生きるのかというようなことを話し合える仲間がいないこと」

そうした先輩が身近にいないがゆえに、彼らは健一さんのもとへ足を運ぶのかもしれない。健一さんも、これまでの人生で自分が得たことを、若者たちにできるかぎり伝えたいと思っている。それが自分の頂いた命を役立てることだと考えている。

「世間ではよく、余命とか残命とかいいますやろ。定年退職した後は悠々自適で余命を楽しむ、と。でも私は、それがどんな無様《ぶざま》な生き方であろうと、死に方であろうと、命あるかぎり一生懸命生きることが大切やと思うんです。神さんがこの世のなかに、その人間として命をくださった。そのたった一回の命やから、大切に使わなもったいないでしょ」

いまも青年のように人生を語り、妻への愛を貫く健一さん。自らの命に誠実に向き合い日々を生きる姿は、出会う人々に生きる勇気を与え続けている。

本を読もう
人まだから
時代劇文庫
青空書房の65年

ほんじつ休ませて戴きます〈下〉

誰でも一つの青空を持っている

青空書房をのぞくと、いつも通り、来客と語らう健一さんの姿が見える。「あんた、ええ本選んだなあ。偶然、手に取ったように思うけれど、本は自分を読んでほしい人を選ぶんやで」

「友達は一人でいい。心友《しんゆう》が一人いれば、それが最高」

「人間は、誰でも一つの青空を持っているんですよ」

「私ね、人生、甘ちゃんでもやっていけると思うねん。性善説とか性悪説とか言うでしょう。私は性善説で行きたい。そうやって九十年来たけれど、青空書房のぐるりは善意の人ばかりです」

新たな出会いを楽しみに、いのちと向き合いながら今日も語り続ける。

ほんじつ
ふしぎなみせです
休ませて
美女とよい本しか来ないのです
戴きます
23.8.7.
青空書房
生命滴る季節です
元気をだして本を読もう
本が生命を伸ばします

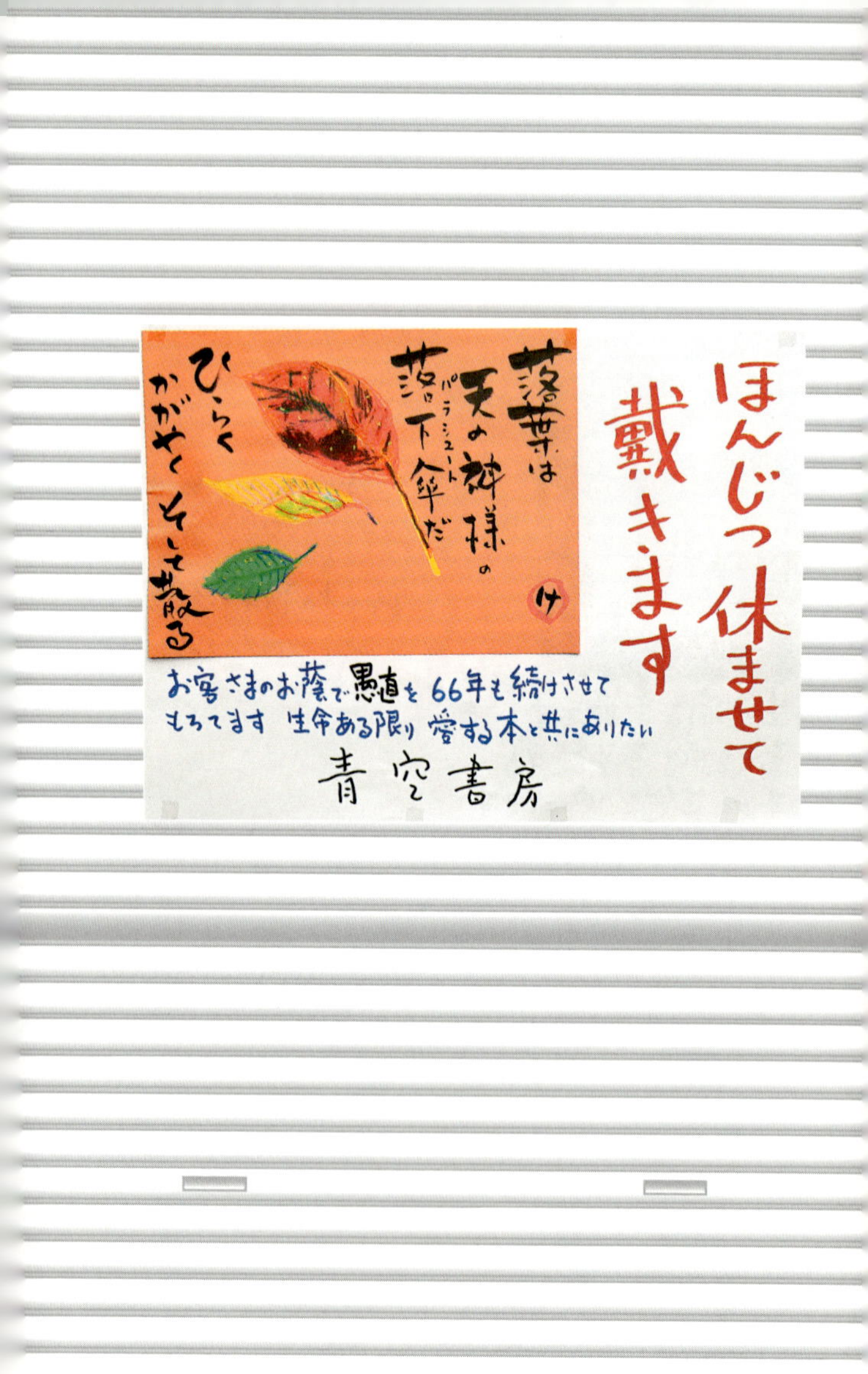
ほんじつ休ませて戴きます
落葉は天の神様の落下傘《パラシュート》だ
ひらく
かがやく そして散る
お客さまのお蔭で愚直を66年も続けさせてもろてます 生命ある限り愛する本と共にありたい
青空書房

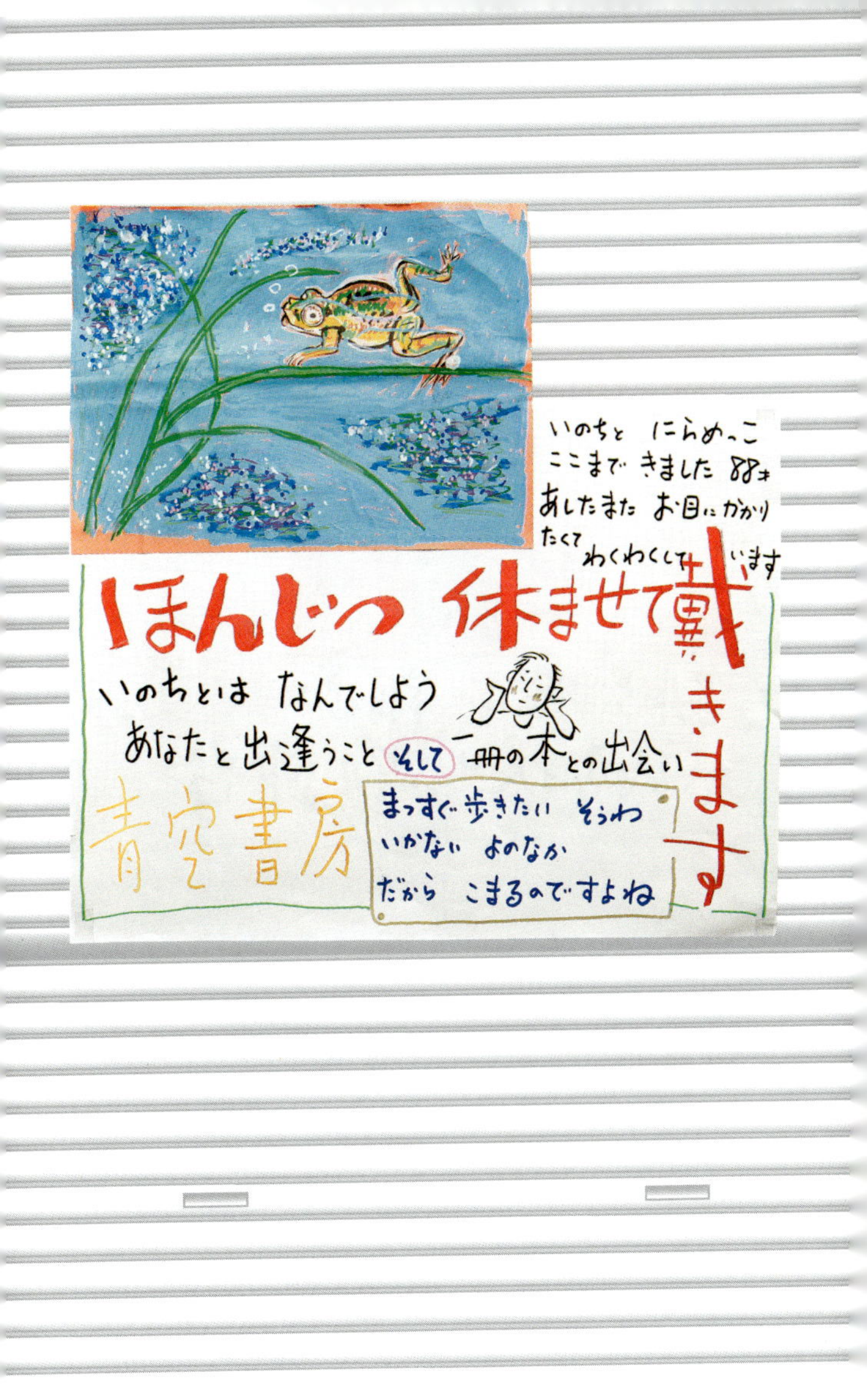
いのちと にらめっこ
ここまで きました 88才
あしたまた お目にかかり
たくて わくわくして います
ほんじつ 休ませて戴きます
いのちとは なんでしょう
あなたと出逢うこと そして 一冊の本との出会い
青空書房
まっすぐ歩きたい そうわ
いかない よのなか
だから こまるのですよね

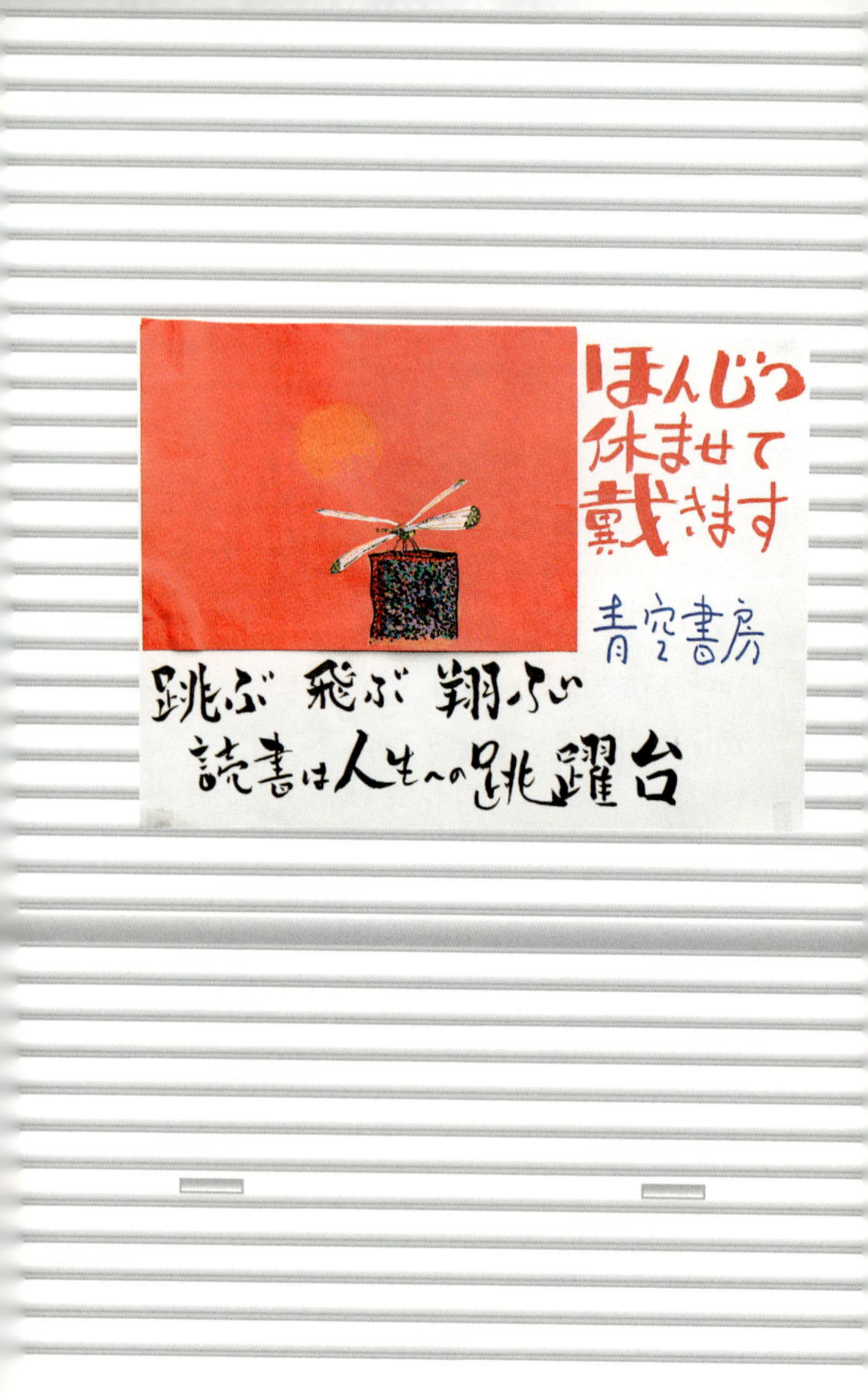
ほんじつ休ませて戴きます
青空書房
跳ぶ 飛ぶ 翔ぶ
読書は人生への跳躍台

にんげんて 強くなくて
いいんだよ
ほんじつ
休ませて戴きます
人間は転んだ数ほど
強くなる
青空書房
やさしくあれば
最高だよね

ほんじつ
休ませて
戴きます
ぶきようでもいい
まっすぐが良い
青空書房
けん一

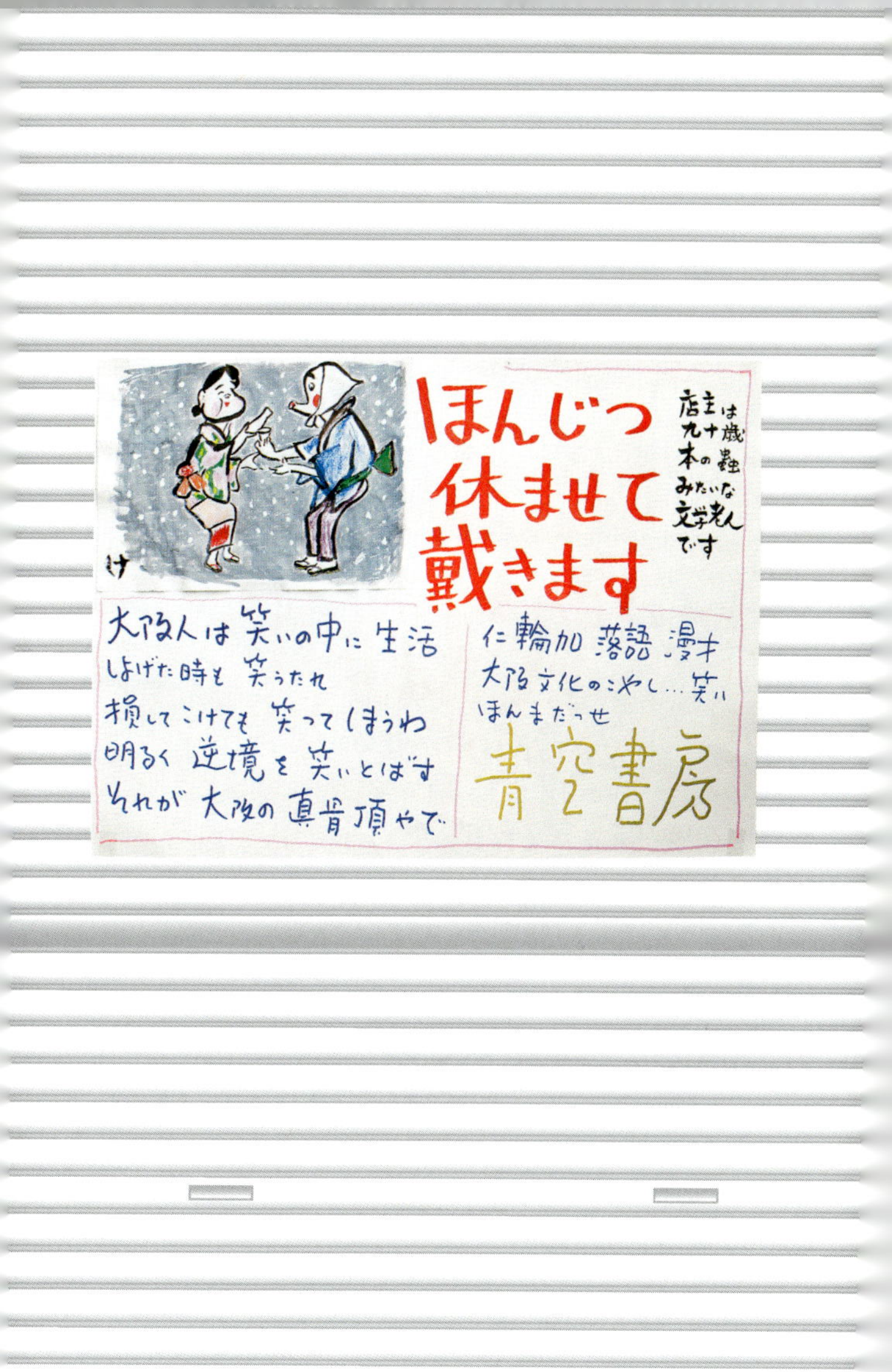
ほんじつ
休ませて
戴きます
店主は九十歳
本の蟲みたいな
文学老人
です
大阪人は笑いの中に生活
しょげた時も笑うたれ
損してこけても笑ってしまうわ
明るく逆境を笑いとばす
それが大阪の真骨頂やで
仁輪加 落語 漫才
大阪文化のこやし…笑い
ほんまだっせ
青空書房

ほんじつ休ませて
戴きます
空が高くなって来ました
志の旗立てる時です
本を読んで パワーアップ
美しい心のひとと良い本しか来ない
不思議な店で65年！
一冊一冊に真心をパッケージして売ってます
青空書房

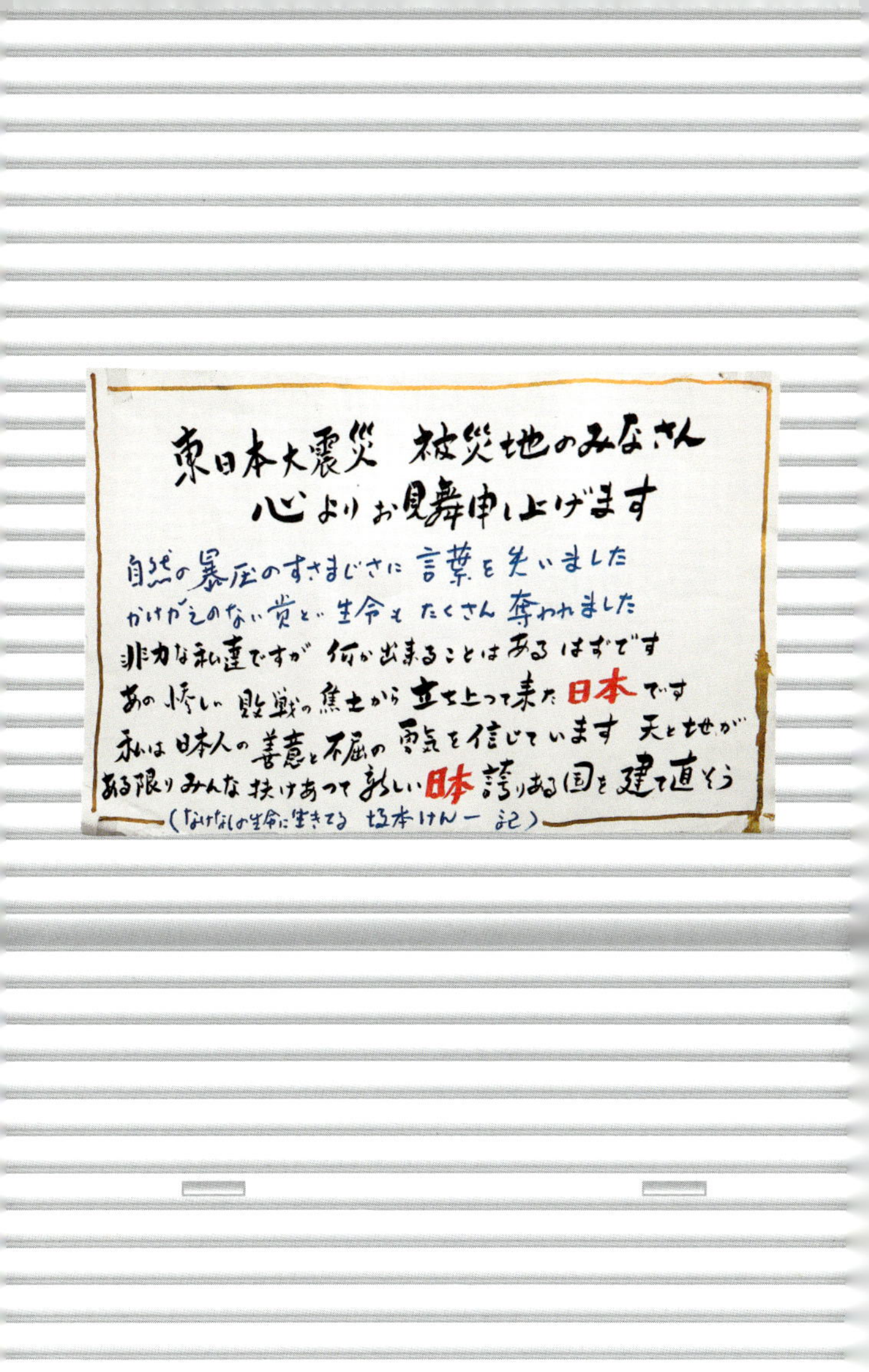
東日本大震災　被災地のみなさん
心よりお見舞申し上げます
自然の暴圧のすさまじさに言葉を失いました
かけがえのない貴とい生命もたくさん奪われました
非力な私達ですが何か出来ることはあるはずです
あの悔しい敗戦の焦土から立ち上って来た日本です
私は日本人の善意と不屈の勇気を信じています　天と地が
ある限りみんな扶けあって新しい日本誇りある国を建て直そう
(なけなしの生命に生きてる　坂本けん一　記)

さかもと けんいち (坂本健一)
1923年、大阪生まれ。43年、近畿大学専門学校法学部に入学。同年、学徒動員により大阪22部隊歩兵通信中隊に入営。45年、復員。46年、大阪焼け跡闇市に「青空書房」を創業。47年、北区黒崎町に開店。現在も同店の現役店主にして大阪古書店業界きっての古老。著書に『浪華の古本屋　ぎっこんばったん』(SIC)など。

きずな新書 008
夫婦の青空

2012年10月1日　初版第1刷発行
2013年2月26日　初版第2刷発行

著　者　さかもと けんいち

発行所　天理教道友社
〒632-8686　奈良県天理市三島町 271
電話　0743(62)5388
振替　00900-7-10367
TENRIKYO DOYUSHA

印刷所　株式会社天理時報社
〒632-0083　奈良県天理市稲葉町 80

ISBN978-4-8073-0570-4
定価はカバーに表示